もう明日が待っている

鈴木おさむ

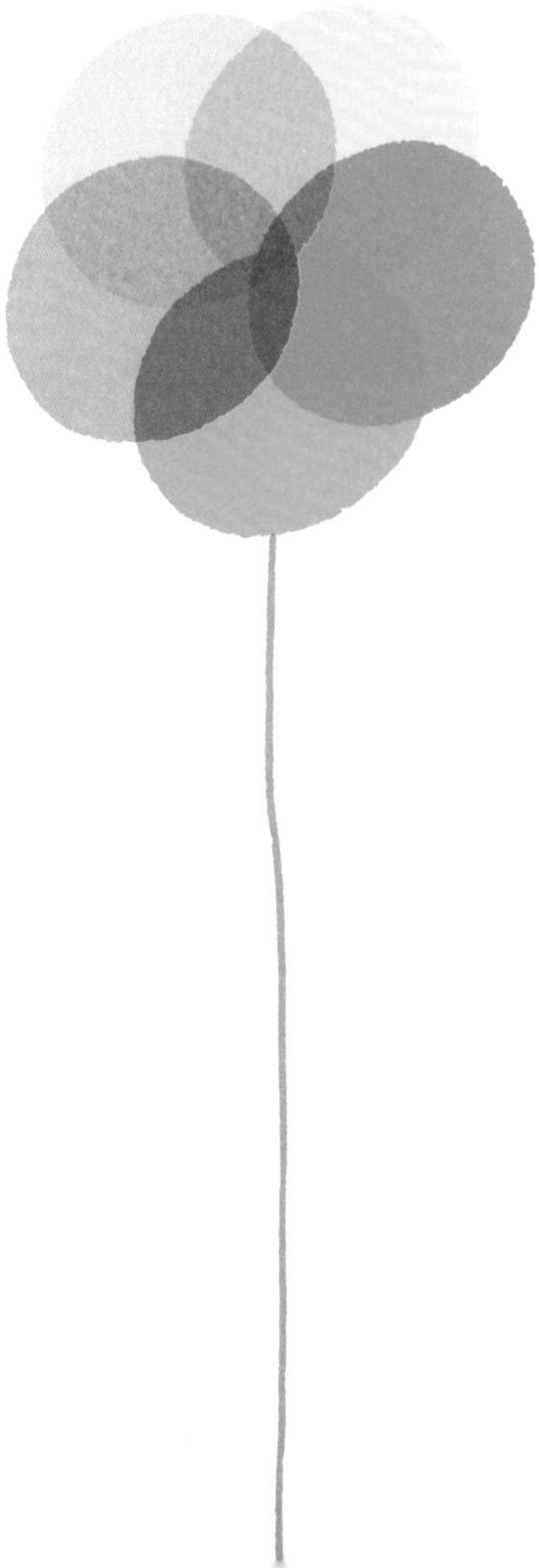

文藝春秋

もう明日が待っている

目次

本書の著者印税はすべて能登半島地震の義援金として寄付されます。

第1章

素敵な夢をかなえておくれ

1991 0909

ローラースケートを履いた7人の男子たちがおぼつかない足元で立っている。晴海埠頭から入り込む風で倒れそうな少年もいる。

その真っ白な野外の特設ステージに立つ、見覚えはなくどう見ても「未完成」な、中学3年の自分と同じ年くらいの7人を沢山の女子が囲み、「キャー」という歓声をあげている。

彼らは、曲が流れるとローラースケートで走り出しながら歌い始める。

そんな未完成すぎる7人への歓声がさらに大きくなっていく。

なんだこいつら！　こんな奴ら売れるわけがないと自分を納得させる。

自分が15年間生きてきて、人生で初めて感じた種類の嫉妬《しっと》だった。

家に帰り、彼らが人気男性アイドルを多数輩出してきた事務所からデビューする新人だと知った。

8月19日、「超新星からのメッセージ」というキャッチフレーズでデビューした7人。壊れそうなガラスの十代だった7人組は、夏を過ぎ、秋が深まる頃には、ローラースケートの腕前も格段に上がり、テレビの中で縦横無尽に歌い、走り回っていた。

彼らがローラースケートで走り回るあとには風が吹いた。

風速はどんどん大きくなっていき、学校に行くと、透明な下敷きの間に7人の雑誌の切り抜きを入れている女子がみるみるうちに増えていった。

自分の中の嫉妬心を捨てて認めるしかないくらい、その風の勢いは巨大になり、ダイヤモンドなハリケーンとなり、日本を巻き込んでいく。

88年。日本のバブル景気が膨らむと同時に、彼らの人気も膨らんでいく。

雑誌もCMも、日本中が彼ら7人で溢《あふ》れていく。

その年の年間シングルチャートの売り上げ1位から3位を独占したなんてニュースをテレビで目にした。

日本の女子たちの多くがその7人を「推し」ていたのだろう。

アイドルを超えたスーパーアイドルだった。

だが。

ブームは必ず終わりが来る。それも、早いうちに。

バブルの崩壊とともに、彼ら7人がトップに立ち作り出したアイドルブームも、「終わり」の音がし始めた。

80年代終盤から90年代にかけて、日本ではバンドブームを迎えることになる。

様々なバンドが「アイドル的」人気を獲得し、女子の下敷きに挟まれるのは、「アイドル」から「バンド」に変わっていった。

バンドが人気になると、歌番組に出演しないバンドも増え始め、全ての音楽の情報発信地だったテレビの歌番組に、見たい人たちが出ないことも増えていく。栄華を極めていた「歌番組」がテレビ欄から消滅し始めた。

木曜の夜に鏡の回転扉から出てくるアイドルを見るのが楽しみだった歌番組への興味も、自分を含めたクラスのみんなが失っていった。

バブルの終わりとともに、日本人が「虚像」から「リアル」を求めるようになっていった。

91年。僕は大学に進学するために東京で生活を始めた。

周りの友達はみんな、バンドブームから出てきた個性溢れるバンドに熱くなっていた。

そもそもアイドルなんて、中学生、高校生の時代に追いかけるもの。だから、自分の周りにアイドルが好きだと言う人がいないことに何の違和感もなかった。

ある日の昼、テレビをつけると、バラエティー番組の歌コーナーにデビュー直後のアイドルが出ていた。

19歳の自分には、もはやアイドルという存在が滑稽《こっけい》にすら見えた。

偽の笑顔を振りまくことなんて誰も求めてないと。

デビュー直後のそのアイドルは６人組だった。日本中を巻き込んだあの７人組のアイドルのバックで踊っていた人もいた。

６人の中に、２人、自分と「同学年」の男がいるのが分かった。

７人組の時に感じた嫉妬を感じることはなかった。

自分と同じ年で「アイドル」をやっていることを、可哀そうとすら思った。

６人組のアイドルは、１９９１年９月９日にデビューした。

彼らがテレビの中で歌い出し、僕は鼻で笑った。

アイドルなんて時代に求められてない。これからも……と。

1995 0120

92年。彼らがデビューして半年後、僕はラジオ局に拾ってもらえて、放送作家生活をスタートさせた。放送作家といっても、ADのようなことをしていた。ギャラなんてほぼもらえない日々。

そのラジオ局で働くディレクターさんから「今度の日曜日空いてるだろ？ イベント手伝ってほしいんだけどさ」と言われて、すぐ引き受けた。

イベントの簡単な構成を作る仕事。

イベントの中身は握手会で、CDを買ったファンが全員参加出来るというもの。抽選ではなく、買った人全員というのも凄いなと思った。

なぜなら、その握手会のイベントは、あの7人組のアイドルたちのものだったから。

巨大なホールに行くと、入り口で沢山のファンの子たちが並んでいた。

ディレクターさんには「ファンが来た数だけやるから、10回まわしとかになるかも。そしたら夜までかかっちゃうわ」と言われていた。

放送作家としてデビュー間もない自分が、7人の楽屋に連れていかれた。握手会だが、始まる前にどんな挨拶をしてスタートするかという簡単な構成を説明するために。

楽屋に入ると、7人のスーパーアイドルたちは、それぞれメイクをしていた。彼らを生で見たのは中学3年の夏、晴海のステージ以来だった。

彼らはあれからスーパーアイドルに駆け上がっていった。

メイクをしながらの後姿の彼らに構成の説明をするが、声が震えているのが分かる。


イベントがスタートした。

彼らが登場すると、会場に並んでいた女性たちの声が重なって爆発する。その爆発する声を聞き、まだまだアイドルとして健在なんだと感じた。

イベントを2回やって、次の段取りを説明するために楽屋に行くと、スタッフさんが僕らに言った。

「今日は、3回で終わりです」

10回まわしかもと言われていたのに3回で終わり？

それを近くで聞いていた、7人の中の中心的存在が、楽屋となっていた会議室から窓越しに並ぶファンを見て、軽く笑いながら言った。

「うちらのファンって100万人以上いたんでしょ?　どこに行ったんだよ」

笑って言っていたけど。

遠くを見つめる目が。寂しくて。

そこにいたのは、アイドルではなく。自分の年に近い一人の男性だった。

その言葉にはリアルがあった。

そのリアルが痛かった。

アイドル冬の時代と言われていた。

アイドルなんてだせー!　という空気が世の中に流れていた。

そんなアイドル冬の時代にデビューした6人組に対して。

時代も冷たかった。

これまでは、デビューして瞬《また》く間に人気者になっていったはずのその事務所のアイドルたち。

だが。91年9月9日にデビューした彼ら6人に、時代はそれを許さなかった。

デビュー曲は初登場チャート1位が当たり前だったのに、1位は取れず。デビュー曲からどんどん売り上げは下がっていった。

売り上げが下がる中で、彼らがそれまでのアイドルたちと違うアプローチを始めたことに、僕はふと気づいた。

やたらとバラエティー番組に出始めたのだ。

彼ら6人は、それまでのアイドルのように、歌を歌うために番組に出て、アイドルらしくトークしてゲームしてというのではなく、これまでのアイドルが決してやらなかった出演の仕方をしていた。

体を張り、若手芸人と同様のことをしていく。

歌番組が少なくなり、アイドルなんかが求められていない時代に、彼らがテレビで露出をしていくには、バラエティー番組しかなかった。

彼ら6人のマネージメントを行うことになった女性の「イイジマサン」は、仕事のない彼らをテレビに出演させるために、今までとは違う売り方に時間を費やした。

アイドルが求められていた時代は、プロダクションがテレビ局に売り込みなんかしなかったはずだ。だが、イイジマサンはテレビ局の、バラエティー番組に頭を下げて売り込みに行った。

僕が若手作家として参加させてもらっていた番組の会議でプロデューサーが「こんなアイドルから売り込みあるんだけどさ」とプロフィールを出した。

そこにはあの6人の写真があった。

プロデューサーは「いらねーよな？」と冷たく言った。

僕も放送作家になったものの、何者でもなく。目の前の大人たちに認められるためなら何でもやった。必死だった。

そんな自分にとって、アイドルとしてデビューしたはずの6人は、アイドルとしてのキラキラを投げ捨て、バラエティーに出て、とても必死に見えた。

僕は、そんな彼らを見て、なんか共感した。

必死なアイドルなんていなかったから。

ある日、家でテレビを見ていたらあの6人がバラエティー番組に出ていた。

6人の中の1人が、「僕らアイドルなんで〜」とアイドルであることをフリにして、自虐の言葉を言った。

アイドルはアイドルであってその虚像の中で生きなければならなかったはずだ。

でも、彼らは「アイドルなのに、それは仮面なんですよ！　嘘なんですよ！」と認めて、そんな自分たちのことを笑いにした。

それまでのアイドルが伝えることのなかった究極のリアル。

僕は思わず。

笑った。

今までアイドルがやらなかったソレをアリにしてやっていくのなら。

何かが変わるかもしれないと思った。

アイドルに本当のおもしろさなんて必要なかったはずなのに。

おもしろかった。

僕は嫉妬した。

だけどその嫉妬の奥には、ワクワクした思いがあった。


彼ら６人は力を合わせて、アイドル像を壊した。

壊し続けていくことで、周りの人たちが彼らに振り向いていった。

アイドルなんかで笑うもんかと思っていた男子も、その彼らの必死さを認めだした。

彼ら６人は、にらめっこで勝っていったのだ。

新たな形のアイドルに、みんなが徐々に魅了されていった。

それまでのアイドルが歌っていた歌はアイドルソングと言われるジャンル。キラキラして、少年っぽさがある。曲を聞いただけで、それを歌い踊る時の衣装がイメージ出来るものだった。

それまでのアイドルと比べるとCDの売り上げが上がらなかった彼らの曲が、大きく変化し始めた。

90年代の日本のクラブブームとともに、クラブミュージックのようなサウンドと、その時代を生きる若者たちのリアルな空気感も入れ込んだ歌詞。

そんな曲を、キラキラした服を着て笑顔を作り、オーバーな振り付けで歌うのではない。逆を行く。

音楽のプロたちも、彼ら6人の曲を「格好いい」と評し始めた。

アイドルの曲が流れることのなかったFM局でもかかり始めた。

大人が。世の中が。彼ら6人という新たなアイドルを。

認めて。おもしろがり始めた。

１９９４年12月。

放送作家としてAMのラジオ局で修業を積んでいた僕は、大人たちに認められたくてがむしゃらに食らいついていった結果、ラジオ局で沢山の仕事をもらえるようになっていた。そんな僕に、ＦＭ局での仕事のオファーがきた。初めてのＦＭ番組のレギュラーの仕事だ。

それは、あのアイドルの仕事。ドラマでも人気が出始めていた、６人の中の１人のメンバーの番組を作るという仕事だった。

千鳥《ちどり》ケ《が》淵《ふち》の横にあるビルの一番上のスタジオ。

スタジオに入ると、既に彼は到着していて、窓枠に肘をかけて立ちながら台本を読んでいた。

窓から差し込む光が、彼を囲んでいて。

彼は「こんちは」と言って名前を名乗った。

僕と同じ年。１９７２年生まれ。同学年。

僕が同じ年だと知ると、彼は「タクヤって呼んで」と言った。

アイドルだからこそナメられたらいけないと勝手に思い込んでいた自分は、最初にかましてやらなきゃ！　とイタい使命感のようなものを抱いていた。だから初対面の彼に向かって、いきなり、彼らが出演していたとあるバラエティー番組のことを話し、「俺、あの番組嫌いなんだよね」と言った。

するとタクヤは笑いながら。

「俺も」

そう言って手を差し出してきた。

僕はその手を強く握った。

22歳同士。同学年のタクヤのラジオは「ワッツアップ」という挨拶で始まり終わる、まさにアイドル像を破壊していく番組だった。

彼と同学年の人が話すようなことはすべて話す番組にしたかったたし、彼もそれに乗っかり、まんまと飛び越えていった。

アイドルが恋愛の話なんてしないのが当たり前だった時代に、恋愛経験から、付き合っていた彼女の話まで、「自然」に、やんちゃに話した。

ラジオを作っていく中で、彼のモノマネをする能力、特に格好いい人の格好よさをモノマネする能力の高さに痺れ、キャラクターを作ってコントのような企画も考えた。

彼らのファンだけではなく、自分らと同世代の男が聞いても、共感したり笑ったり出来る内容にしたいと思って、全力で向き合った。

普通のマネージャーなら、僕のそういう番組構成に対して絶対怒るところだが、イイジマサンは僕のやることをおもしろがってくれた。

一度だけ、彼らの発売した新曲に引っかけて、ド下ネタの企画を作り、放送したことがあった。イイジマサンは、僕に電話してきて、めちゃくちゃ怒った。めちゃくちゃキレた。キレる中で「おもしろいのは分かるよ！　でも、さすがにあれはダメ」と言った。怒られる中でも「おもしろい」と認めてくれていることが嬉しかった。

イイジマサンは、弱冠22歳の小僧をおもしろがってくれたし、僕はこの人に認められたいと、もっと頑張れるようになった。

１９９５年１月17日。

阪神・淡路大震災が起きた。

１月19日。

ラジオの収録にイイジマサンが来て、ラジオ終わりで、タクヤと２人で何か話していた。その様子から、とても大切なことを話している空気が伝わった。

翌日、金曜20時の人気音楽番組に彼ら６人は出演する予定で、そこで歌う曲は、人生はなんとかなるから、たぶんオーライだよ！　というメッセージを格好いいブラックミュージック的音楽に乗せた新曲になるはずだった。

イイジマサンは僕に、翌日の音楽番組で歌うのをその新曲ではない曲にしたことを教えてくれた。

それを聞いて。見なきゃいけない。見届けなきゃいけないという気になった。


1月20日。

20時に番組が始まると、彼ら6人が出てきた。

黒いスーツに身を包んで、阪神・淡路大震災の被災者に向けた言葉を伝えた。

彼らは歌った。当初歌う予定だった新曲ではなく。

どんな時もくじけずにがんばりましょうと。

本気で本音で伝えようと歌い踊る6人。

アイドルだったら、こういう事態には、生放送でコメントすることすら避けたいところだ。

小さなミスでアイドルとしての人生が終わるから。

だが、彼らは、日本のピンチに向き合った。逃げずに、歌った。

この番組での彼らの歌唱は、多くの人を勇気づけた。

僕は番組を見ながら、彼ら6人のステージがさらに大きく変動していく気がした。

自分の心臓の鼓動が速くなり、あることを思った。

もしかしたら、彼らが本気で新しい時代を作るのかもしれない。


そして。

この年の夏が過ぎたころに。ローラースケートを履いて日本中にブームを起こした彼らは。

グループを卒業……解散した。

1996　0415

1996年。6人はおもしろくて格好いい今までにない「アイドル」として、人気はかなり上がっていた。

歌もヒットを連発し、ドラマでも人気になり、そしてバラエティー番組でも活躍を見せる。

全てのピースが揃っていた。

中学生・高校生を過ぎたら卒業するのがアイドルファンだったが、彼ら6人は彼らより年上の女性や、お母さん世代までをも魅了していった。

大人になってもアイドルのファンになることは恥ずかしくないという新しいムーブメントを作り出していた。


2月。

ベッドの横に置いてあった携帯が鳴っているので、布団から手を出して電話に出ると、イイジマサンからだった。

「オサム、一個、やってほしい番組があって。テレビなんだけど」

23歳の僕はラジオのレギュラーは多かったけど、テレビのレギュラー番組は2本ほどしかなかった。

「今度、6人の新番組を立ち上げることになったの」

この春から始まる新番組に作家として参加してほしいということだった。

「時間がね、月曜の夜10時なの」

6人の新番組は、河田町にある人気テレビ局で作られるタレント主体の冠番組で、しかも放送時間が月曜22時。

時間帯を聞いてドキドキした。

１９９６年春までの時点で、テレビのＧＰ帯、ゴールデン・プライムタイムと言われる19時〜23時の一番輝かしい時間帯で、アイドルがメインとなる番組が制作されたことはなかったからだ。

ＧＰ帯で作られる番組のメイン出演者は、人気芸人、人気司会者が務めるもので、アイドルがいくら人気があるからといって、メインとして出演することはなかった。

だからこそ彼ら６人で月曜22時という時間でバラエティー番組を作ることは、局にとっても大きな賭け。そしてなにより、彼らにとっても成功したら時代を変えることになる。

イイジマサンは言った。

「絶対ヒットさせたいの。頼むね」

数日後、イイジマサンが僕を番組のプロデューサーの所に連れて行ってくれた。プロデューサーは荒木さんといって、彼ら６人が出演するバラエティー番組をずっと作ってきた人だ。荒木さんにとっても大きな勝負になる。寝ずに書いた数十個の企画案を出すと、「いいね！　おもしろいね」と、とても喜んでくれた。

そして、「この番組はね、スキーがスノボになって、ディスコがクラブになったようにね、彼ら６人がやることで、今までやってきたことでも、器が変わって味付けが変わって、新しいものに見えると思うんだ」と説明してくれた。

その説明が僕には非常に伝わりやすかった。

斬新すぎる企画は伝わりにくくなる。彼ら6人がやるからこそ、格好良くておもしろく見えることを考えればよいのだと。

バラエティーというものが6人の器で新しい料理に見えることが大事なんだと。


番組は3つの要素で構成されると聞いた。

女優さんをゲストに、メンバーが料理を作るコーナー。

コント企画のコーナー。

CGを多用した歌のコーナー。

料理のコーナーは、メンバーの「モリクン」が料理上手だったことから、企画されたものだった。

23歳の僕は会議に出ても、一番端の席に座らされたが、タクヤとラジオをやってきたからこそ、「負けたくない」と思った。

自分たちと同じ年の男性が見ても、おもしろいと言える番組にしたいと思い、意見を伝えて台本を書いたし、ラジオの時に直接タクヤに企画を投げて「エロいペットが女性を口説くコントとか、おもしろくね？」と話し合って、台本にした。

3月。代官山にあるスタジオで、その番組のビジュアル撮影が行われた。

金色に塗られた6人の顔がアップで写っている。勢いを感じた。

撮影が終わって、スタッフとメンバーと顔合わせを行うことになった。

スタジオにある会議室で、番組のプロデューサー、ディレクター、作家とメンバー6人がテーブルを囲んで挨拶する。

6人全員に生で会うのは初めてだった。

6人揃った時のオーラ。だが、その中にカジュアルさも持ち合わせていた。

リーダーが「よろしくお願いします」と頭を下げる姿を見て、これまでのアイドルっぽくなさが、一気に好きになった。

アイドルがメインのバラエティー番組をGP帯で作るという、誰も挑戦したことのない未来に向けての話し合いは、終始笑顔。みな、期待と希望を語った。

1時間ほどの顔合わせが終わり、僕らスタッフは帰ろうと、出口の方に行った。

その時だった。

イイジマサンが、顔をこわばらせて、その場にいた現場マネージャーに声を荒らげて言った。

「メンバー全員、地下の会議室に集めて――」

さっきまでの全員笑顔だった空気が一瞬にして変わった。

イイジマサンは、番組スタッフには何があったか説明することはなかった。ただ、急に慌てた空気がその場を動かし始めて。

メンバーが続々と地下の会議室に向かう。

イイジマサンのその表情で、何かが起きていることだけは分かった。

メンバーが急遽会議室に入っていったので、スタッフチームは自分たちだけ帰るわけにはいかないと、近くで待つことになった。

30分経ち、1時間が過ぎても、会議室からメンバーが出てくることはなく。

僕はスタッフと「何話してるんでしょうね」と想像してみるが、見当もつかない。

途中で、スタッフの1人が「もう帰りましょうか」と言ってくれたので、帰ることになった。

帰る間際に会議室から漏れ聞こえた言葉から、嫌な予感だけがした。

その翌日。ラジオ収録があり、タクヤに会った。

僕が我慢できず、タクヤに「昨日、何話してたの？　あんなに長く」と聞くと。

タクヤは「あぁ～」と言って、軽い感じで続けた。

「グループを辞めたいって言ったメンバーが１人いるんだよ」

タクヤらしく、さらりと言ったが。

わざとそういうトーンで言ってくれているのが分かった。

春からの新番組のビジュアル撮影、スタッフとの顔合わせをした日に、グループを脱退したいメンバーがいたというとんでもない事実。

僕は体の震えをおさえて、あえて平静を装ったが、やっぱり我慢できなくて聞いてしまった。

「誰が辞めるって言ってるの？」

そう聞くと、タクヤは、僕の目を見て言った。

「モリ」

また、さらりと言った。

わざと。

彼らしく。

何で辞めるのかはその場では教えなかったと言う。

ただ、辞めるという決意は固かったと。

当然、僕は思った。４月から始まる番組はどうなってしまうんだろう？

っていうか、料理のコーナーはモリクンが料理得意だからって作ったコーナーなのに、どうするんだろう？

っていうか、グループ、続くのかな……。


新しい時代を作り始めていた６人のグループは、テレビ番組での新たな挑戦の前に、メンバー１人の脱退が決まった。


１９９６年４月15日。

ついにＧＰ帯でテレビ史上初のアイドルをメインにした月曜22時の番組が開始された。

中身は、刑事ドラマをパロディーにしたコント。

荒木さんが１回目のゲストにとこだわった、大女優、大原麗子さんを迎えての料理トーク企画。

ＣＧ加工をふんだんに入れ込んだ歌。中森明菜さんと一緒に６人が歌い踊った。間違いなく、その番組は、ただのアイドルバラエティーではなく、大人が見て楽しめる、新たなバラエティー番組に仕上がった。

この放送の数日前だった。僕は番組収録を終えて、世田谷のスタジオからの帰り道を歩いていると、知り合いの男性マネージャーさんに出会った。

そのマネージャーさんは言った。「来週から、スタートだな？　いよいよ」。

僕が「そうなんです。ドキドキです」と返すと、マネージャーさんは「彼らの番組、夕方でやってただろ？　それがさ、視聴率５％も取ってなかったのよ。だからさ、普通に考えたら、あのグループがどんだけ人気だとしても、ゴールデンの壁は厚い。視聴率は絶対取れないよ」と言った。

悔しかった。悔しいけど、正論であり、そう考えている人も多かったと思う。

アイドルは所詮アイドルであって、テレビの大通りに自分の名のついた店なんか出してはいけない！

失敗しろ！　と願っていた人も沢山いたと思う。

もし成功してしまったら。時代が変わるから。

4月16日。朝9時過ぎ。イイジマサンからの電話に出ると、弾んだ声で言われた。

「22・4％」

初回から20％を超えた。

この瞬間。

時代が変わった。テレビの歴史が大きく変わった。

アイドルが芸人さんや司会者と並んで、冠番組を持つ時代になった。

6人が変えた。


だからこそ、この成功を喜べなかった人もいたのは分かった。2週目の放送で大きく視聴率が落ちることを望んだ人も多かっただろう。

でも、そんな思いとは逆に。

番組は勢いづいていった。


ただ、絶好調なはずなのに、番組は大きな不安を抱えていた。

モリクンの脱退。

5月いっぱいで脱退することは決まっていたが、このことは、番組スタッフ全員には伝えられていなかった。

僕はタクヤから直接聞いていたので、その事実を知っている数少ない１人。

荒木さんは頭を抱えていた。

「モリクン抜けたら、どうしようか……」

番組のメイン企画である料理コーナーは、モリクンが料理が得意だからと作ったものなのに。

その当人がいなくなる。

月曜22時というGP帯の番組で、アイドルとして初の成功というスタートを切ったばかりなのに、２カ月で１人が脱退してしまう。

これをきっかけに、番組はもちろん、グループの人気も一気に落ち込むんじゃないか。

その可能性を考えるのも当たり前だ。

モリクンは、代官山でみんなにグループを辞めると伝えた時には、その先何をするのかを言わなかったらしい。

後日、僕がイイジマサンに、モリクンが挑むことを聞いた時は耳を疑った。

「モリはね、オートレーサーになるって言ってるの」

オートレーサー⁇

昔からの夢で、ずっとなりたかったけど、中学の時点では身長制限があったため断念していた。しかし自分の年齢制限最後の年に身長制限が緩和され、それを知ったモリクンは、アイドルの道を捨てて、オートレーサーという夢に挑むことを決めた。

3月下旬に2次試験があり、それに合格したあと、辞める理由がオートレーサーになるためだとみんなに伝えたのだろう。

僕には信じられなかった。

モリクンは背が高く、ボーカル力も演技力も高かった。タレント性に溢れていた。グループとしても確実にてっぺんに駆け上がってきているのに、それを捨ててオートレーサーになるなんて。

「番組が成功したら、もう一度、グループに戻るでしょ」

僕はそう簡単に思っていた。

けれどそんな僕の想像よりも、数十倍、数百倍、決意は固かった。

そして。モリクンのその決断が、世に知られる日が来てしまった。

アイドルを辞めてオートレーサーになる。

そのニュースはスポーツ新聞の一面を飾り、ニュース番組やワイドショーをとてつもなく騒がせた。

トップアイドルからの引退。しかもオートレーサーになる。

衝撃を与え、ファンの悲鳴が聞こえた。


もはや彼ら6人はただのアイドルではない。

ローラースケートを履いた7人のスーパーアイドルでさえ作れなかったムーブメントを作り上げてきているのに。

グループを辞める。

理解できない人も沢山いた。

本当は別の理由があるんじゃないかという勝手な憶測も飛び交った。

そうなると。当然、マスコミはモリクンの声を聞きたがる。

自分の言葉で説明する必要がある。

囲みの会見が行われることになった。

モリクン１人で記者たちの前に立ち、説明する。


モリクンの挑戦するオートレースはギャンブルの世界でもある。

人によっては、ギャンブルの世界に飛び込むのか？　と冷たく言う人もいる。

モリクンがオートレースの世界に行ったら、ギャンブルの場所に若い女の子たちを誘導するんじゃないか……。


モリクンは決して喋《しゃべ》りが得意なキャラクターではない。

記者たちに囲まれ矢継《やつ》ぎ早《ばや》に質問されて、自分の思いを答えられなかったら……。

記者たちに嫌な質問をされて、そこで、思わず口を滑らせてマイナスに捉えられる発言をしてしまったら……。

モリクンのこれからの未来に確実に大きな影響が出てしまう。


僕は会見の様子をモニターでじっと見つめていた。

記者たちがすでに待っている。

会見が始まる。超トップアイドルの引退を伝える囲み会見。

そして。そこに、やってきたのは。

モリクンではなく。

リーダーだった。

大好きなジャイアンツのユニフォームを着て、１人現れた。

驚く記者たち。

記者たちが「え？」「どういうこと？」「モリクンは？」と声にする。

そこでリーダーが切り出した。

「あいにくモリクンのスケジュールの都合がつかず、欠席となります」

と言うと、記者が思わず笑いながら「おかしいでしょ」とツッコむ。

この瞬間。

まんまとリーダーの狙っていた空気になった。


僕はイイジマサンから聞いていた。

本当はモリクン１人での会見だったはずなのに、急遽、リーダーが「俺も出るよ」と言ったことを。

おそらく、自分の頭の中で沢山のシミュレーションをして来たのだろう。

もちろんそんな空気は微塵《みじん》も匂わせない。


リーダーは。グループを辞めるモリクンを助けに来た。

リーダーとして。

そして今度は、その時噂になっていた１人のメンバーのことに関して自分から切り出す。

「１億円の家に関してはノーコメントで」

記者も思わず笑う。これを笑いで言うことで、聞きにくくさせる。


ここでようやくモリクンが入って来た。

モリクンは自分の口で伝えた。

「オートレーサーになりたかった」

「去年の11月頃から考えていた」

「やらないと一生後悔する」

モリクンの顔を緊張の色が覆っている。

記者が「その時は誰に相談した？」と聞くと、モリクンは「お父さんとお兄ちゃんです」と答えた。

リーダーは「なんで僕に相談してくれなかったのかな？」と答えて記者を笑わせる。

会見の空気がどんどん温かくなっていく。

リーダーの思った空気になっていく。

そこから記者が「他のメンバーはなんと言っていたのか？」とメンバーの名前を出し始めた。

すると、モリクンが答える前に、リーダーがさっと入って答える。

「彼はずっとドライヤーをしてました」

「彼はずっと裸でした」

メンバーのキャラクターに合ったボケた答えを言って、その場を笑わせる。

モリクンの発言がなるべく少なくて済むように、とにかくリーダーが喋っていく。

記者が笑えば、モリクンの言葉が少なくてもＯＫになっていく。

その中で、モリクンは自分の思いだけを答えていく。

「中途半端にやりたくない」

「二股をかけたくない」

１人の記者が聞いた。

「歌と踊りに未練はないか？」

その質問が出た時に。

モリクンの中に一瞬の間が出来た気がした。

そしてモリクンは言った。


「そうですね」

僕には、この言葉をモリクンが自分で自分に言い聞かせているように見えた。

記者が「リーダーから激励の言葉を」と水を向けると、リーダーは泣いたフリをして。

「今までありがとう」

と伝えた。

記者が「泣いてないですよ」とツッコんで。

モリクンも、笑った。

最後に、記者がリーダーに聞いた。

「モリクンが抜けたら5人でやるんですか？」

リーダーは平然と「そうですよ」と答えて。

続けて言った。

「ずっと続きます」


モリクンにとって最大のピンチになるかもしれない場面を。

リーダーが乗り切った。


そして。

モリクンの最後の日が近づいてきた。

1996　0527

4月15日に始まった番組は回を経るごとに話題になっていき、ムーブメントが起きているのが分かった。確実に当たった。ヒットではなく、ホームラン。

アイドルがセンターに立つ番組として、テレビ史に名を刻む大きなホームラン。

そんな中、モリクンが脱退するニュース。

5月いっぱいで脱退する。

当然、番組にも出演しなくなる。

1996年5月27日のモリクン最後の出演となる回がどんなものになるか？

選択肢は2つだった。

華々しく送り出すのか？

それとも、モリクンが辞めることには何も触れず、いつものように終わっていくのか？

オートレーサーになってグループを辞めていくモリクンの最後を華々しく送り出すことが、応援してくれている10代のファンにギャンブルを推奨しているように見えるんじゃないか。そう思う大人たちは当然いて。

番組のスタッフの中には「どうするべきか？」と戸惑う人も少なくなかった。

人気絶頂の中、メンバーが1人抜けていくことなんてこれまでなかった。

しかもオートレーサーになると。

だから、答えが出せなかった。


でも、イイジマサンは決めた。

どんな意見があろうと、何を言われようと、8年間一緒にやってきたからこそ。

「モリの最後はちゃんと送り出してあげたい」

覚悟を決めた。

その覚悟により、5月27日の番組はモリクンの卒業スペシャルとなった。


卒業スペシャルの収録が始まる。

モリクンのために作られた料理コーナーで、最後となるその華麗なる手捌《てさば》きを見せて。

モリクンがメインとなるコントも収録し。体を張って笑わせて。

そして。ラストに、6人で最後となる歌の収録が始まった。

スタジオは収録前から、緊張感と戸惑いと寂しさに溢れていた。
あえていつもと変わらぬように歌のセットに入ってくる６人。
最後はモリクンが選んだ曲を、６人で歌い始めた。
最後の曲は。
大事な友達、ベストフレンドに向けて歌う歌。
モリクンを真ん中にして。
タクヤ。ゴロウチャン。ツヨシ。シンゴ。そしてリーダーが歌う。
最後のその曲はモリクンは歌わずに。
真ん中で聞いている。
途中から、リーダーの目からは涙が溢れ出た。
テレビで涙を流すなんて恥ずかしいことだと、一番思っている人が。
構わず泣いた。泣いて、届けた。
8年間一緒に頑張ってきた。
アイドル冬の時代にデビューして、キラキラしたアイドルにはなれなくて。
今までのアイドルだったら絶対やらなかった仕事をやってきて。
やっと、やっと、駆け上がってこられた。
そんな友に向かって。

沢山の涙を流し。
ずっとベストフレンドだと。

スタジオでそれを見ているスタッフも。
みんな泣いた。
ここまで積み上げてきたものを手放し去っていく1人と、それを送り出す5人。

歌が終わり。
その場で最後のトークになった。
本来ならいつものようにリーダーが進行するはずだったが。
リーダーは一度はマイクをもって進行しようとしたが。
歌い終わってもなお溢れる涙で話すことが出来なくなった。
それを見たタクヤが、急遽、進行を始めた。
あくまでもわざと明るく仕切ろうとする。
「いつものこの番組とは思えない空気なんだけど。どうこれから?」
明るく仕切っているが、無理しているのが分かった。
ずっとずっと涙を堪《こら》えていたモリクンは、口を開いた。

「１人で抜けて頑張っていかなきゃいけませんから。責任感持って努力と勉強をして、またスターになりたい」

努力して頑張ってスターの座にたどり着けたのに。それを捨てて。

子供のころからの夢を追いかけてスターになるという覚悟。

モリクンの言葉を聞き、いつものようにメンバーが次々に話し出すことは出来ない。

タクヤがツヨシに振ると。

モリクンの１学年下のツヨシが、堪えきれない涙を流して。

伝えた。

「モリクンはこれから始まるから」

これが終わりじゃない。

もう一度言った。

「これから始まるからさ」

グループの中で最年少で、モリクンにとっては弟のようだっただろうシンゴが、指で涙を拭《ぬぐ》いながら。声を絞り出した。

「やっぱり……寂しいのは寂しいです」

なかなか言えなかっただろう本音。

「でも、モリクンが本当にやりたいことで、昔からの夢で、それをやるってことで最後までちゃんと頑張ってほしい」

モリクンのその夢を昔から一番理解していたのは彼だったんだろう。

モリクンと同学年で、いつもはクールなゴロウチャンも。

涙を声に混ぜながら。

「まいっちゃったなー」

そう明るくつぶやいた後に。

「死なないように。けがくらいはするかもしれないけど」

その言葉で、モリクンがこれから進む道は命を賭けたものであることを、そこであらためて思い出す。

彼は、命を賭けてこれから進むのだと。


ここまで気丈に振るまってきたタクヤも声を震わせながら伝えた。

「これからのほうが、手強いやつになるんじゃないかと思って、より一層気合を入れないと。お互い頑張ろう」

彼らは6人、ずっと一緒にやって来たけど、仲間でありライバルだった。

だから高め合ってこられた。

ストイックな彼らしいエール。

モリクンは強くうなずく。


ここまで言葉を発することが出来なかったリーダーの番になる。

涙がずっとずっと止まらない。

モリクンの脱退会見では、記者の前で泣いたフリをしていたけど。

あの会見の時、泣いたフリをしていたけど、きっと心の中で泣いていたんだ。

「別にな、会えなくなるわけじゃないんだけどさ、ここまで8年間、このメンバーでやれたことをすごく俺としては誇りに思っている」

そして。

「今まで本当にどうもありがとう。頑張ってな」

そう言って。

モリクンの手を握り。熱い握手を交わした。

さよならと。

ありがとう。

これからも。

ずっとベストフレンドで。


モリクンはカメラを見て最後に言った。

「今まで身につけてきたことを無駄にはしません。必ずトップに立って頑張っていきたいと思います。どうもありがとうございました」

5人に。

ファンのみんなに。

トップになると約束した。

それがこのグループを抜けて挑戦することなんだと。


モリクンはグループを抜けて。

1人で走り出した。

この時。

この約束を。

この日から20年以上あとに彼が本当に果たすことになるなんて。

誰も想像していない。

モリクンが抜けてグループは５人になった。
モリクンが抜けた分のパワーダウンを心配する人は沢山いて。
そのパワーダウンを期待する人たちもいて。
膨れ上がった心配と、ネガティブな期待を、彼ら５人は簡単に振り払った。
５人になった彼らは、より強く肩を組み。
力強く進んだ。
彼らが進みだすと。
そこには見たこともない青い色の稲光が光り。
世の中は大きく揺れて。
爆発し。
夜空ノムコウのその先の。
誰も見たことのない景色を見せ続け。

デビューしても売れなかったアイドルが。
アイドルとして初めて。
国民的スターになっていった。

第2章

あれからぼくたちは

1997　1231

1997年。

5人になってからの彼らは、ソロの活動でもインパクトを残し、5つの星はより力強く輝いていった。

そして、月曜22時の5人の番組は、テレビ界の顔になった。「そのうち視聴率下がるよ」と言っていた人たちもいたし、テレビ界にはそれを願っている人も少なくはなかったが、その願いに反して、勢いづいていった。

開始当初から番組のメイン企画となった料理のコーナーには、毎回、女優さんがドレスアップして登場した。番組の成功のおかげで、女優さんのキャスティングには困らなかった。普段テレビに出ることのない女優さんまでもが出演をＯＫしてくれた。

女優さんが出る企画というイメージが付いていたが、スタッフは、どこかで人気の俳優さんをこのコーナーに出したいと考えていた。

だが、当時、俳優さん、特に映画俳優さんがバラエティー番組に出ることは珍しく、キャスティングに難航した。

そんな中、荒木さんと僕が会議で、「思い切ってナンバーワンの俳優を狙いませんか？」という話になった。

それが、日本のトップの映画俳優・高倉健さんである。マネージメント担当者のいなかった高倉健にオファーするため、まずは連絡先をなんとか見つけ出した。そして荒木プロデューサーは出演依頼をする直筆の手紙を書いた。

リアクションはなかった。それでも荒木さんは、毎週手紙を書き続けて50通。

1年経った頃、その思いが届き、バラエティーにほぼ出たことのない高倉健が出演してくれた。このことは業界で大きな話題になり、爪痕を残せた。

高倉健の出演により、なかなかメディアに登場しない俳優も続々出てくれるようになり、結果、大人の男性も見てくれるようなバラエティー番組に成長していった。

5人は歌でもヒットを連発していた。タクヤが最初に「プル～ハ」と叫び、歌い出す曲は、みんなの体をSHAKEさせ、その後に出したダンスナンバーは、ダイナマイトで爆発させたようなパワーを彼らに与えた。

彼らの音楽性もまた、それまでのアイドルにはないものとして、評価する評論家が少なくなかった。男性アイドルの曲を大人の男性が聴くことには照れがあったが、彼らの曲にはそれはなく、今まではありえなかった、同世代の男性ファンも増えていった。

この頃、小室哲哉プロデュースの楽曲がミリオンヒットを連発して日本のミュージックシーンをリードしていた。彼らの曲がヒットしたと言っても、ミリオンヒットはなかった。

そんな中、年明けに発売となる5人の新曲が決まった。バラード曲だった。その曲は5人の番組のテーマ曲になることが決まっていたため、僕は早い段階で聞かせてもらった。

夜空のその先には、未来という明日が待っている。

青春時代がそろそろ終わりを迎えて、大人になっていかなきゃならない不安を抱えた人たちの背中を押す歌だった。

最初に聞いた時に、「この曲を彼らが歌うのか?」と思った。確かに抜群にいい曲だがアイドルが歌う歌ではないと思った。だけど、今の彼らが歌うことで、沢山の若者たちの心にきっと刺さると。

その曲が、もしかしたら彼らのステージを大きく変えるかもしれないと感じた。

そして、大きなニュースが届いた。リーダーが年末の紅白歌合戦の司会をすることになったのだ。日本中が注目する紅白歌合戦の司会だ。男性司会者としては史上最年少となる。25歳にしてこの大役を射止めたのだ。

このニュースを聞き、僕も荒木プロデューサーも番組スタッフもみんなが興奮した。彼ら５人が立っている場所がものすごいスピードで隆起《りゅうき》しているのを感じた。

紅白のニュースのそのあと。お台場のテレビ局は彼ら５人に大きな仕事のオファーをすることになる。

それは、97年から98年にかけて生放送されるカウントダウン番組だった。各局年越し番組には、その局を代表するものを編成することが多いのだが、月曜22時の番組をベースに作っていくというオファーだった。

荒木さんからこの番組の報告を受けた時、一個の到達点に達することが出来た気がした。始まった時にはうまくいかないと言われたアイドルの番組が、年越しのカウントダウンを任されることになったのだから。

ただ、その番組のことを聞いた時に、すぐに疑問に思った。リーダーはどうするのか？

番組は生放送。97年12月31日の23時45分から、年を越えて０時45分までの１時間。

リーダーは紅白歌合戦の司会をしている。紅白は23時45分までだ。メンバー4人は、自分たちの歌唱が終わったら先に抜けてくることが出来るが、リーダーは司会だからそうはいかない。

番組はお台場で行われる。リーダーは番組が始まる時には、渋谷のNHKにいるはずだ。結果、お台場で先に4人で始めて、紅白終わりのリーダーはあとから駆けつけることとなった。

番組は、10万個のドミノを生で倒す企画をメインに構成することが決まった。

お台場の局内に、様々なドミノを10万個並べていく。番組内でヒットしたキャラクターなども描いたり、CDを並べたり、畳を並べてドミノにしようというアイデアも出て、絶対に成功させてやるのだとスタッフがみんな熱くなった。

どうせリーダーが移動するなら、その移動もエンタメとして見せていこうということになった。

すでにリーダーは数々のバラエティー番組に出演し、経験値をかなり上げていた。だからこそ、自分が最初から参加出来ないこの番組も、それを利用しておもしろく見せたいとこだわった。

本来なら、紅白終わりですぐに車に乗ってお台場に移動してほしいところだったが、その道中もおもしろく見せていこうということになった。

まず、紅白終わり、リーダーが中継で挨拶をして、移動のバスに乗る。時折、バスの中の中継が入ると、リーダーは、美女を数人横に座らせながらテンションが上がっている。スタジオのメンバーからは「何やってんだよ」とツッコミをもらうコントの構造にしたいと本人がこだわった。「そんなことしてたから、時間が段々なくなるのだ」と、バスから降ろされて、バイクの荷台に乗せられて走って行く。紅白の司会をした男がバイクの荷台に乗せられて運ばれるというギャップもおもしろいとなった。最終的に10万個のドミノが終わる前に到着し、ドミノのラストを５人全員で迎えて、最後の最後に彼らの勝負となるバラードの新曲を生で歌唱するという流れになった。

荒木さんやスタッフは、この年越し番組を大成功させて、レギュラー放送にさらに勢いをつけようと鼻息を荒くしていた。もちろん僕も。

誰もが筋書き通りにうまくいくと信じた。

だが、神様は意地悪だった。

１９９７年12月31日。

当日の生放送前。いつも司会をしているリーダーがスタジオにいないので、タクヤが進行を担当することになった。彼は進行をしていく上でキャラを乗せたいと言い、メガネをかけることを希望した。素ではなく、あくまでもメガネをかけて進行するキャラだという方がやりやすいのだろう。

リーダーやタクヤだけでなく、メンバー全員が日頃の番組作りに対してもこだわりを見せ始めていた。

僕は夕方にお台場のスタジオに入る。そして、スタッフと一緒にNHKで始まった紅白歌合戦を見た。

リーダーが緊張しながらも堂々と司会している姿は、世の中の人にはとても新鮮に映った。同じ年の僕も火を付けられた。

僕だけじゃない。スタッフみんなに、「今日は絶対大成功させるぞ」とスイッチが入った。

お台場には10万個のドミノが続々と並べられていった。このドミノが勢いよくゴールしてくれたその先に、5人が最後に歌うあの歌が響く。

想像すると鳥肌が立った。

そして、23時45分、番組が始まった。

タクヤ、ゴロウチャン、ツヨシ、シンゴがスタジオに登場する。タクヤの進行は緊張も混じり新鮮だった。

中継が紅白歌合戦会場近くから入ると、紅白を終えたばかりのリーダーが出てきて、バスに乗り込む。

予定通りに番組が始まり、スタジオも中継も、演出されたハプニングもすべてが順調に進んでいった。

途中、リーダーがバスから降ろされてバイクの荷台に乗り、お台場を目指すことになった。

やはり先ほどまで紅白の司会をしていた人がバイクの荷台に雑に乗せられて運ばれていく姿はおもしろく映った。これも計算通り。

スタジオではメイン企画の10万個ドミノが始まる。ドミノとは不思議なもので、倒れ出すと自然とどんどん見入ってしまう。

しかも今回は、CDドミノや畳ドミノなど、これまで見たことのないドミノが見事にハマって番組を盛り上げていった。

ゴールに向かって勢いよく倒れていくドミノ。その勢いが彼ら5人のこの一年の勢いと被っているように見えた。だからより興奮した。

だが、実は裏側で大きな問題が起きていた。バイクの荷台に乗せられてお台場に向かっていたリーダーだった。

本来ならこのドミノ中にスタジオにバイクが着いて、合流するはずなのだが、大晦日のお台場では想像以上の渋滞が起きていた。バイクといえども渋滞と信号に阻まれて、思ったように進めなかった。

スタジオのサブ（副調整室）では、なかなか到着しないリーダーのバイクにイライラし始める。

ドミノが勢いよく倒れてゴール直前に近づいているが、バイクはまだ到着しない。

結局、リーダーが到着しないまま、ドミノはゴールを迎えてしまった。本当はドミノの成功で喜んでいたはずなのに、それを5人で迎えられなかったことで、喜びがマックスにならない。

メンバーにもスタッフにも、「リーダーが間に合わない」という想定はなかった。絶対最後には間に合うはずだと思っていた。

残り時間が減っていく。最後の歌にいかないともう間に合わなくなってくる。

勝負となるバラードの新曲をこのめでたい特番で生歌唱するのに、5人で歌えないなんてありえない。

でも、リーダーは到着しない。

スタジオサブでは、「まだかよ！」「なんでだよ！」「ふざけんなよ！」と大人たちの怒号が飛び交う。

荒木さんは、ジャッジするしかなかった。４人で歌うということを。

リーダーの乗ったバイクは近づいてはいるが、間に合うことなく。

４人だけでの歌唱が始まってしまった。


この曲はタクヤが初めてセンターでギターを弾きながら歌う曲だった。

タクヤの横に、スタンドマイクが４本ある。

タクヤがギターを弾きながら、ゴロウチャン、ツヨシ、シンゴがマイクの前に立ち、歌い始めた。

もう一本、寂しそうにマイクが立っている。リーダーが歌うはずのマイク。

４人だけで曲を歌う。

Ａメロ、Ｂメロと進み、サビ。

もう駄目だ。

このまま終わっていくのだ。

リーダーが合流しないまま、この番組は終わっていくのだ。

誰もがそう思った。

だが、1番を歌い終わり、間奏に入った時だった。

スタジオにバイクの音が響く。

リーダーを乗せたバイクが、スタジオに到着した。

まるで誰かが合図を出したかのように、メンバーが歌っている時じゃなく、間奏の間に到着した。

その瞬間。

ツヨシの顔から満面の笑みがこぼれた。

ゴロウチャンの顔にも安心が見え、タクヤは「来たな‼」という顔をした。

リーダーがバイクを降りてヘルメットを取ると、シンゴは「信じてたよ」と言わんばかりにスタンドマイクから急いでマイクを取ってリーダーに渡した。

リーダーがマイクを握った瞬間。

2番に入った。

5人は歌った。

このリーダーのギリギリの到着が5人の歌声に「キセキ」を乗せた。

奇跡を起こせる人と起こせない人がいる。

選ばれた人と選ばれなかった人がいる。

彼ら5人が、ただのアイドルではなく、キセキを起こせる選ばれた人たちであり、スターであることを決定づけた瞬間だった。

5人の歌声は夜空を越えて、日本中に響いた。

この放送の視聴率は27・0％で、年越しバラエティー番組の歴代最高記録となった。

そして、このバラードの新曲は、発売されると、彼ら5人の初のミリオンヒットとなり、アイドルがアーティストにもなった。

この曲の大ヒットにより、彼ら5人は夜空ノムコウを飛び越えていった。

今までにない、唯一無二の存在となった彼らだった。

だが。

ここから3年も経たないうちに。

メンバーの1人が結婚することになるなんて誰も予想が付かなかった。

きっと神様だって分からなかったはずだ。

第3章

世界で二番目にスキだと話そう

2000　1123

1999年のお正月。衝撃的なドラマが放送された。

俳優・田村正和さんが演じる刑事が毎回、独特の推理で事件を解決していくドラマは超人気作品となっていた。タクヤが犯人役で出演したことも話題を呼んだ。

この年のお正月の特番で、なんと彼ら5人がグループの名前もそのまま出演して田村正和演じる刑事と対決することとなった。このドラマに犯人役で出演するということは、ドラマの中とはいえ殺人を犯すことになるのだ。

CMなども多数抱えている中、本人役で殺人を犯すというのはかなりのリスクである。イイジマサンは、今までやったことのないことを次々と彼らにやらせてきた。だから、5人全員で出演して、罪も犯す。絶対にそれがおもしろいと。

物語上、彼らが人を殺めなくてはならない理由があり、彼ら5人が実行し、最後に、捕まっていく。

ドラマの制作を発表した時から、大きな話題となった。80年代、お正月に家族みんなで隠し芸大会を見るような、そんな楽しみがあった。

放送すると、その特別ドラマは32％を超える視聴率を獲得した。

リスクのあるものに挑み、勝った時に、ステージは一気に上がっていく。リスクに挑む者だけが常に上に上がっていく。

イイジマサンはそういう仕事を自ら発案することも多かったし、テレビ局の人が「これ、絶対やらないだろうな～」というものに限って「おもしろい」と言って、引き受けた。

この頃の彼らは、日本で知らない人はいないだろうという存在になっていった。

そして西暦は２０００年になった。

２０００年になった瞬間、コンピューターのシステムが問題を起こすんじゃないかと言われた２０００年問題に怯《おび》えていたが、いざ迎えてみると、なんの変化も起きなかった。

バブル崩壊後、平成不況に突入していた日本だったが、彼ら5人はトップスターの地位を手に入れていた。

月曜22時の冠番組は番組開始から5年目に突入して、豪華ゲストが毎週登場し、コントでは人気キャラクターも続々誕生し、日本を代表するバラエティー番組と言われていた。

この番組のヒットにより、彼らの事務所の後輩たちも、テレビ局のゴールデンやプライム帯で番組を持ち、ヒットさせていった。

彼ら5人の成功が、アイドルの歴史、テレビの歴史を覆していった。

そして、5人もそれぞれ様々なステージで魅力を爆発させていた。

リーダーは、男性司会としては史上最年少で紅白歌合戦の司会を2年連続務め、様々なバラエティー番組での司会の仕事を増やしていった。アイドルがゴールデン番組の司会をするということを「許したくない」人たちもいたが、リーダーは1人で確実に、その階段を上がっていった。

シンゴは、ドラマでも唯一無二の役を演じながら人気を博していたが、バラエティー番組でママの格好をして母親の代わりに朝ご飯を作るコーナーが大ヒットし、ママとして曲も発売し、ミリオンヒットを飛ばしていた。

ツヨシは、5人の中で一番最後にドラマ主演を務めたが、それが大ヒットした。そして99年につかこうへい作・演出の「蒲田行進曲」に出演し、つかの演出を受けたことにより彼の役者の力が覚醒し、芝居への取り組み方が変わった。実力派の俳優という存在感を、世の中に認めさせ始めた。

ゴロウチャンもつかこうへい作の「広島に原爆を落とす日」での芝居がかなりの評判に

なった。彼はドラマや舞台での活躍はもちろん、この頃から好きだったワインや芸術などのアートとカルチャーの匂いを出し始めて、それがゴロウチャンの色となっていった。

そしてタクヤはこの年、難病に侵され車椅子での生活を強いられながらも健気に生きる女性とのラブストーリーで、美容師の役を演じ、それが最終回、40%を超える視聴率を記録した。平成の民放連続ドラマの視聴率が40%を超えたのは初のことだった。彼がドラマで着た服、乗ったバイク、全てが流行っていった。女性だけでなく男性もまた彼に惚《ほ》れていった。

彼ら5人は、グループから出て個人で活躍し、大きな結果を残してまたグループに戻ってくる。00年に入った彼ら5人が「国民的スター」の地位に立ったのは間違いなかった。

秋が深まり始めた頃だった。僕はタクヤのラジオ番組の収録に立ち会っていた。収録が終わると、タクヤが「オサム、ちょっといいかな?」と言って、開いたスタジオの扉を再び閉めた。そして僕に言った。

「俺、結婚するんだ」

結婚!?

タクヤが結婚!?

言われて、時間が止まった気がした。

驚いたには違いないのだが、それを超えた感覚になった。

彼は僕と同じ1972年生まれ。彼が28歳の誕生日を迎える直前だった。20代で結婚を決めたタクヤ。

主演したドラマでは記録を塗り替えるヒットを記録し、日本で一番抱かれたい男などと書きたてられた彼が結婚を決めた。

そして子供が出来たことも聞いた。

彼の報告に驚きはした。男性アイドルが人気絶頂の中、結婚するという選択肢を取ったのを見たことがなかった。

だけど、タクヤらしい決断だと思った。

彼はブレイクし始めてからも自分のことを隠さなかった。付き合っていた一般人の彼女とのことも隠すことをしなかった。僕が構成していたラジオでは、初めてのマスターベーションとか、初体験とか、そんな話題も笑いに包んで話した。

スターだって人間であることが大事だと思った。同世代の男性にも人気が出始めていたからこそ、同性の共感をより得るべきだとも思った。隠すことをしなかった彼の性格を「格好いい」と思う男性も増えていった。

言い過ぎて事務所に怒られたこともあった。だけど、それでも彼はスタイルを変えなかった。

今までのアイドルではない新たなアイドル像を作っていった。

だからこそ、タクヤの結婚の報告はなんかしっくり来たのだろう。タクヤらしい決断だなと思った。だから言った。「おめでとう」と。一緒に仕事をしてきた仲間として、同じ年の男性として嬉しい気持ちになった。

彼は新しい生き方を提示していくのだなと思った。


ただ、聞いた時に、タクヤらしいとしっくりはきたのだが、実は、数分過ぎたあたりから、ずっと心臓がバクバクしていた。そのバクバクを彼にバレないようにしなきゃと思った。これを聞いても平然としていられる仲間でありたいと思ったからだ。

でも。トップアイドルが人気絶頂のさなか結婚するなんてなかった。山口百恵さんは結婚し、引退した。男性アイドルで、かってそんな存在はいなかった。

そもそもアイドルが結婚することはタブーと思われてきた。

女性アイドルが結婚する時は、芸能界を引退するか、アイドルという立場を変えるか。男性アイドルが、ある程度その人気が落ち着いてから結婚することはあったが、絶頂の時に結婚するなんて。

おめでとうというよりも「終わった」と思う人が多いだろうと思った。

やはりタブーという印象が強いから。

彼が結婚することを発表した時の世の中のリアクションは想像がついた。彼女がいたというのとは違う。結婚だ。なんだかんだ言って、タクヤもアイドルである。ショックを隠せないファンは多いだろう。もしかしたら一気に人気が落ちる可能性だってある。

でも、そんなことよりも、彼は人として生きることを選んだ。


ラジオ局を出たあとも、心臓のバクバクが止まらず、僕はイイジマサンに電話を掛けた。

僕がタクヤから聞いたことを伝えると、イイジマサンは「聞いた？」ととても落ち着いた声をしていた。

僕は怒っているんじゃないかと思ったが、真逆で、イイジマサンの声は静かで、とても優しかった。そして「彼が決めたことだから、応援してあげましょう」と言った。

おそらくイイジマサンもその時点では会社に報告していなかったはずだ。

タクヤの決断を全て背負うつもりだったのだろう。

結婚の情報が世に出たら、イイジマサンが描いていたタクヤのマネジメントにも大きな影響が出てくるはずだ。ＣＭはもちろん、年が明けたあとに新たな連続ドラマも決まっていた。そのドラマも視聴率は取れないかもしれない。

個人活動だけじゃない。グループの活動にも影響を与えるかもしれない。

だけど、イイジマサンは人としての生き方を尊重した。

僕の中にもタクヤの報告を聞いてから大きな不安が生まれていた。だから心臓がバクバクしていたのだと思う。だけどイイジマサンの覚悟を聞き、僕の不安は、期待に変わった。

彼だったら新しい道を切り開けるのかもしれないと。


彼ら5人が、この年の夏の終わりに発売した曲が大ヒットしていた。ツヨシが主演するドラマの主題歌だったのだが、脚本家・野島伸司さんの作詞したラブソング。

初めて聞いた時に、その歌詞に僕も唸《うな》った。子供が生まれたら君は世界で2番目にスキだというそのメッセージ。自分の発想にはない考え方に嫉妬もしつつ、この曲を彼ら5人の歌声を通して聞くと、今まで聞いたことのない優しさや愛があって、刺激もある極上のラブソングだった。

ただ、この曲、最初はこの歌詞ではなかった。元々は全然違う歌詞がハマっていてレコーディングも済んでいたのだが、イイジマサンがギリギリで「やっぱり違う」と言って、急遽、野島伸司に歌詞を依頼した。

だが、その依頼したタイミングが、ドラマの初回放送がかなり近づいてきた時だった。イイジマサンは、普通だったら絶対にありえないタイミングで、粘って、歌詞を変えた。

そして出来上がった曲は、発売してから5週目でミリオンセラーを達成して、大ヒットとなった。

だが、イイジマサンは、この曲が出来上がった時、そのすぐあとに、タクヤが結婚することなんて想像してなかったはずだ。

僕は、タクヤからの報告を受けた時に思った。タクヤが結婚することを世に発表し、彼ら5人があのラブソングを歌った時、ファンはどんな気持ちで受け止めるのだろうと。

5人は全国ツアー中だった。なので、タクヤの結婚のことは、最後の東京ドームの公演が終わったあとに会見を開き、報告すると聞いた。

つまりは、ツアー中に、タクヤの結婚を分かった上であのラブソングを聞くことはない。予定だった。

11月に入り、タクヤが28回目の誕生日を迎えた。僕はその年のツアーに同行していた。番組のキャラクターを使ったコント企画がライブ内であったので、そのために、行けるライブにはなるべく行っていたのだ。

僕の中で不安は期待に変わったつもりだったが、段々その時が近づいてくると、様々な不安が膨らみ始めた。ライブステージで歌う彼らの姿を見ながら「タククヤが結婚発表をしたら、この景色も変わってしまうかもしれない」という不安。芸能史上なかった、ありえなかった道に進もうとしているタクヤの決断により、５人の輪が崩れてしまうんじゃないかという不安。

だが、僕なんかより不安なのは、イイジマサンであり、メンバーであり、タクヤだったはずだ。

しかしその誰もそんな不安はまったく見せなかった。

そしてイイジマサンは、タクヤが結婚するということは極秘にしていて、番組のスタッフの中でも知っていたのは荒木プロデューサーだけだった。

おそらくイイジマサンは会見直前に皆に言うはずだったのだろう。

11月22日はさいたまスーパーアリーナでのライブだった。翌日も同アリーナでのライブがあり、これを終えると、いよいよ翌週、東京ドームのライブでファイナルを迎える。終わったら、タクヤの会見ということになっていた。

この日のライブ終わりにどうしてもラジオ番組の収録をしなければならず、近くのホテルを取って、そこで収録をした。

収録が終わると、23時を過ぎていたので、翌日のことを考えたら泊まった方がいいかもとなり、タクヤは泊まることになった。僕も泊まることにした。イイジマサンやスタッフは元々泊まる予定だった。

２０００年11月23日。

朝7時も回ってない頃。ベッドの横に置いてあった僕の携帯が何度も鳴った。見るとイイジマサンからの電話だった。イイジマサンの電話は不思議で、怒っている時は携帯が揺れている感じがする。このときもそうだった。

電話に出ると、イイジマサンが叫んだ。「私の部屋に今、すぐ来て！」と部屋番号を告げた。怒っていた。

自分の中で「俺、怒られるようなことなんかしたっけな？」と考えると、イイジマサンは電話で続けて叫んだ。

「タクヤの結婚が新聞に出たの!!!」

僕は携帯を切り、すぐに部屋を出てイイジマサンの部屋に向かった。

僕が部屋に着くと、タクヤも同時に着いた。

イイジマサンは部屋の中を左右に動き回っていた。明らかに焦っているのが分かった。

僕が「どうしたんですか？」と聞くと、イイジマサンは目の前にスポーツ新聞を投げつけた。

その新聞の一面にはデカデカとタクヤの「入籍」そして、「妊娠」という言葉が書かれていた。噂ではなく「確定」であること。そしてライブツアーが終了したら、タクヤが会見することまで書かれていた。

近しい人がリークしないとこんな記事は出ない。僕はその時のタクヤの顔を見ることが出来なかった。

イイジマサンは、

「この新聞に抜かれたから」

そう言って、大きなため息をついた。

抜かれたとはいえ、新聞に書いてある通り、ライブツアー終了後に会見することになっている。その時まで何も言わなければ、ファンだって信じない。

だけどイイジマサンの口から出た言葉は想像を超えていた。

「今日、ライブ終わったあと、会見するから」

耳を疑った。急遽会見するなんて。しかも結婚を認める会見をタクヤ１人でやると。

僕はいくら新聞に抜かれたとはいえ、今日、会見することはないと思った。するとタクヤが僕の横でイイジマサンに言った。

「来週、ドーム終わりで会見するんでしょ？」

いつものタクヤらしい強気な感じはなかった。

そんなタクヤの言葉を受けてイイジマサンは会見をやる理由を一言で言った。

「男らしくない！」

まず結婚するのは事実である。事実であることを新聞に抜かれて、そして、それを隠してライブを行い、次の週のライブ終わりで会見をする。それを「男らしくない」という一言で表現した。

タクヤはアイドルであり、日本一抱かれたい男である。記録を塗り替えた俳優でもある。でも、その前に「人間」であり「男」なのである。

今日、会見することで受けるタレントとしてのダメージよりも、人として覚悟を決めて向き合うべきだという信念がそこにあった。

だからタクヤは何も言えなかった。もちろん僕も。

イイジマサンは僕らに言った。

「このあと、このホテルと会場の入り口が記者で塞《ふさ》がれるかもしれないから、2人ですぐに会場に移動して」


朝7時過ぎ。

大きな移動車に乗ったタクヤと僕。タクヤはやはり何も言葉を発することは出来なかった。そして僕も何も言えなかった。「がんばろうよ」も変だし「なんとかなる」とも言えない。だってなんとかならないかもしれないから。

会見をするのはライブ終わり。それまでは公式の発表はない。突然の今夜の会見の内容、何を言うか全く決めてない。そして、なにより、今日、数万人の人たちはライブ会場にどんな思いで来るのか？

タクヤはきっと人生で感じたことのない大きな不安を抱えながら会場に向かっている。結婚と妊娠。本当なら「おめでとう」と言われるべきこのことが、今の彼には「おめでとう」にならない。

たった数分の移動がかなり長い時間に感じた。無言のまま、会場に到着した。

会場に入り、楽屋に移動した。いつもはメンバー全員で使っている大きな楽屋がいつも以上に大きく感じる。タクヤと2人きりでいると、そこは無限に広がっている空間のようにも感じた。

一体、今日、何が起きるのだろう？　どうなってしまうのだろう？

これから僕たちは何を信じていくのか？　夜空ノムコウの朝には、希望ではなく、得体の知れない不安と恐怖。

タクヤの口から大きなため息が出た。不安を呼吸で吐き出すしかなかったのだろう。

こんなタクヤを初めて見た。

以前、あるロケの合間に、彼と渋谷のパルコ前の交差点に立った。時間が空いたので買い物に行こうということになった。

交差点には沢山の人がいたのだが、帽子もマスクもサングラスもしてない彼が立っていても誰も気づかない。気づかないわけではなく、まさか本物のタクヤがこんなところにいるわけがないと思っているのだ。

ましてや街中には彼の服装を真似た偽タクヤが沢山いる。本物の彼を偽タクヤだとしか認識していないのだろう。

僕が彼に「全然気づかないんだね」というと、彼はやんちゃそうに笑って言った。

「一瞬で気づかれる方法教えてやろうか？」

どういう方法なのか？「俺、タクヤです」とでも言うのか？それとも目の前に立っている女性をバックハグして「俺じゃ駄目か？」とドラマの名台詞でも言うのか？そんな糞ダサい方法ではなかった。

タクヤが交差点の反対側に立つ女性の目をじっと見つめた。すると、その女性は「え⁉」となった。本物が立っていることに気づいたのだ。そしてその女性が「えー⁉」と黄色い声を上げると、その気づきが交差点にいる女性に一気に伝わっていき、数秒のうちに全員が僕の横に立つ「本物」を見て「キャーーー‼」と言った。

あの光景は「モーゼの海割り」的なものとして僕の記憶に強烈に残っていた。

今、楽屋の横でため息を放ったタクヤには、あの時のオーラとやんちゃさはなかった。彼はいつもタクヤだ。スイッチを入れ続けて生きているのだろう。そのスイッチが切れかけているような気がした。

楽屋に入って2人きり。会話もないまま1時間以上経った時だった。楽屋の扉が開いて顔を見せたのはシンゴだった。本来なら昼過ぎに入るはずなのだが、イイジマサンから連絡があり、なる早で入ったのだろう。

シンゴはいつものように笑顔で言った。

「おはよー」

でも、やはりその笑顔にはちょっとした緊張感がある気がした。するとシンゴは楽屋に入ることなく、扉を閉めた。

正直、僕は「え？　楽屋に入ってきてくれないの？」と思ったが、入れない気持ちも分かる。今、タクヤと話す言葉は難しい。

続いて、ツヨシが来た。扉を開けて、

「おはようございます」

いつものツヨシらしいカジュアルな挨拶をして、やはり扉を閉めた。

そしてゴロウチャンも、扉を開けて「おはよー」と言って扉を閉めた。

3人とも、結婚のことに何も触れず、扉を閉めた。もちろん、タクヤが結婚することは事前に聞かされているし、会見の予定も知っていた。だが、まさか今日のライブ終わりになるとは思ってない。

そこから再び無言が続くと、しばらくして、廊下を誰かが歩く音が聞こえた。サンダルが響く音だ。その音を聞いて誰か分かった。リーダーだ。

僕の中で緊張感が増す。サンダルの音がどんどん近づいてきて、ついに扉の前まで来た。

扉が開くと、リーダーはサングラスを頭に掛けていた。リーダーは僕を見て言った。

「ちょっと外出てもらっていいかな?」

僕は外に出た。

楽屋の中はリーダーとタクヤの2人だけになった。

ライブのスタッフも当然新聞を見ている。楽屋の中でリーダーとタクヤが2人だけで話しているのも気づいているが、こういうときに出来ることは「いつも通り」の空気を作ることだけ。

そして自分が出来ることをやるだけ。

シンゴとツヨシは会場に入り、自分のパートのチェックをしている。

そしてゴロウチャンは、ケータリンググルームというメンバーやスタッフが自由に出入り出来て食事をとれる場所で、腹ごしらえをしていた。そしてスタッフと談笑している。「こんな時に、よく、食事して談笑出来るね⁉」と思う人もいるかもしれない。だけど、これがゴロウチャンの気遣いなのだ。わざとやっているのだ。スタッフだって、今日という日に何が起きるか不安になっているはずだ。「もしかしてライブ中止になる？」と思ってる人もいるかもしれない。

そういう人の不安を紛らわすために、ゴロウチャンは、わざと、いつも通りを演じる。いつものケータリンググルームを演出する。当たり前の空気を作る。そのゴロウチャンの作った空気で、会場の裏側の緊張感が少し紛れた。さすがだなと思った。

１時間近く経つと、楽屋の扉が開いて、リーダーが出て行った。

何を話したのかは分からない。

そのあと、リーダーがライブ内容の変更をスタッフに伝えた。彼らのライブといえば、フリートークも楽しみの一つだが、そのトークをまるまるカットすることになった。

ライブに来たお客さんには夢を与えてあげなきゃいけない。いつもと違う世界に連れて行かなきゃいけない。

きっとお客さんはこの日の新聞を見て不安で仕方ないに決まっている。もしフリートークが始まったら「え？　結婚のこと言うかな？」と想像する人もいるだろう。もしかしたらお客さんの誰かが大声で「結婚は⁉」と叫んでしまえば、みんなに聞こえてしまう。無視することは出来ない。

様々なリスクを考えて、この日の構成を変えた。

イイジマサンはずっと電話をしていた。タクヤがやっているCMのスポンサーさんや、テレビ局に説明をしなければならない。電話をしながら頭を下げている様子も何度も見た。

ライブが始まる前に、もう一つ大事なことがあった。彼がライブ終わりでマスコミの前で話す言葉を決めなければならない。

彼とどんな風に伝えるべきか話し合った。彼がこだわったことは「逃げたくない」ということだった。

会見をすると決めたのなら、もうそこで、ちゃんと伝えるべきだと。彼も「男らしさ」に振り切ることに決めたのだ。

それと、彼がこだわったのは「出来ちゃった結婚」という言葉が嫌だということだった。せっかく新たな命をもらえたのに、「出来ちゃった」という言葉がネガティブで前向きじゃないと。彼らしい考え方だなと思った。

彼がぽつりと言った。

「授かったんだから」

授かりたくても授かれない人だっている。でも彼らは授かったんだ。

僕は彼の思いと彼の口から出た言葉をまとめた。

ライブの時間が近づいてくる。

メンバーは誰一人としてタクヤに結婚のことを言わない。大事なのは今日のライブを成功させること。

ライブ会場の開場が始まり、お客さんがどんどん入ってくる。僕はお客さんがどんなテンションなのだろうと思って、こっそり見に行った。すると、会場のお客さんの中には、その日の新聞を握っている人もいた。結構いたのだ。

もしあの人たちがライブ中にあの新聞を両手で上に掲げたらどうなってしまうんだろう？

あらゆるワーストケースが頭に浮かぶ。

僕以上に、それを想像しているのは、リーダーでありメンバーだっただろう。リーダーはきっとあらゆる事態をシミュレーションしたはずだ。

ライブ中にファンが結婚のことを口にしたり叫んだりした時にどう対応しようか？　考えていたはずだ。

ライブの開始時間が近づくと、スタッフの緊張感も高まっていく。

誰も経験したことのないライブが始まる。

あのラブソングをファンはどんな思いで聞くのだろう……。

ライブが始まった。


何も知らない人が見たら、とても盛り上がったライブに映っただろう。

でも、いつもは120％のところまでブチ上がっていくのだが、その手前で止まっている気がした。

メンバーもあらゆる事態に備えながらやっているし、あらゆる場面でライブを爆発させるタクヤも、この日はその集中力に限界があったはずだ。なにより盛り上がっているはずのファンのどこかに迷いと悩みがあった気がした。

どんなに歓声を上げても一緒に歌っても、一つになりきれない何かがあった。

タクヤはどうするんだろう？

5人はどうなるんだろう？

私たちは何を信じたらいいんだろう？

そして、この迷いの中では、大ヒットまっただ中の、ライブで一番聞きたいはずの極上のラブソングを、純粋な気持ちで聞ききれない。

フリートークがカットされて、いつもより短い時間でライブは終わった。

スタッフはいつもと変わらず「お疲れさまでした」とメンバーを出迎える。リーダーも、ゴロウチャンもツヨシもシンゴも、楽屋の方に戻ってきても顔色を変えず、スタッフに「お疲れさま」とは伝えるが、今日のライブがどうだったかは何も言わない。

タクヤだけはこの日、ライブが終わりではなかった。自分の人生を賭けた会見がある。楽屋に戻ってきたタクヤは、急いで会見用の服に着替えた。そして会見に向かうために楽屋を出た。

メンバーたちは、タクヤがこのあとどこに向かうか知っている。人生を賭けた会見に向かうことを分かっている。でも、何も言わなかった。

タクヤは楽屋を出ると、廊下を歩いた。イイジマサンとマネージャー陣、僕と最低限の人数で、ライブ会場の上にある会見会場に向かった。

真っ白な廊下を通り、エレベーターを待つ。このエレベーターに乗って上がると、そこが会見場である。

世の中に彼の結婚がどう受け止められるかはこの会見次第だ。

エレベーターに乗ると、彼が言った。

「全身の毛穴から血が出そうだよ」

はにかんで言っていたが、本音だろう。

タクヤが僕にこんなことを言ったことがあった。知り合いのサッカー選手が初めてのワールドカップに出場して、試合直前、電話を掛けてきたらしい。

「やばいよ。めっちゃ緊張してる」

そう言った彼に対してタクヤは言った。

「今からその緊張を味わえるのって日本に11人しかいないんだぞ。だからその緊張を楽しめよ」

タクヤからその話を聞いた時に、なるほどと納得した。彼はこれまで、そうやって戦って勝ち抜いてきたのだと。

彼のこの言葉を聞いてから、僕も、とんでもなく緊張したとしても「この緊張を味わえることは人生であと何回もないのかもしれない」と思うようにしたら、緊張を楽しめるようになった。

タクヤも、この人生最高の緊張感を楽しもうとしているのかもしれない。

エレベーターが止まって、扉が開いた。

タクヤが、エレベーターを出て歩き出した。

僕はその背中を見送った。

会見が始まる。

タクヤが会見場となる場所に入ると、一斉にフラッシュがたかれた。

日本一の男が28歳で、人気絶頂の時に結婚する。それを伝えるために、想像を超える数のマスコミが集まり、その人たちの温度で会場は熱くなっていた。

黒の袖無しのシャツに黒のデニム。あくまでもカジュアルにまとめたタクヤらしいスタイルで、１人で堂々とマスコミの前に立つと、タクヤは自ら口を開いた。

「皆さんにこの場を借りて報告することがあるので報告します」

そう言うと、「えー……」という言葉のあとに、言った。

「結婚します」

格好付けることなく。ごまかすことなく。男らしく言ったその言葉と覚悟をマスコミの人たちも受け取ったように見えた。

記者たちの質問が矢継ぎ早に飛んでくる。

１人の記者が一番聞きたいことを聞いた。

「おめでたという話がありますが」

それに対してタクヤは真っ直ぐに答えた。

「事実です」

記者が「４カ月ですか？」と聞くと「はい」とすぐに答える。

飛び続ける質問。

「具体的にどんな言葉でタクヤさんには報告があったんですか？」

そう聞かれると、ここでタクヤは言った。

「授かったよ」

彼からこの言葉が発されると、そのあとに、誰も「出来ちゃった結婚ですか？」などと言う人はいなかった。

別の記者が「プロポーズはなんて？」と聞くと、照れながら「恥ずかしいので」とさすがに答えを拒否したが、これもタクヤのキャラクターらしいなと思った。

そして彼は言った。

「本当はこういう場には2人でちゃんと皆さんの前に、自分たちの声で言いたかったんですが、体のこともありますので」

結婚する相手のことを気遣った。

会見の後半では、あのラブソングを歌っている時に「自分がどうにかなりそうだった……」という迷いも吐露した。

全てを隠すことなくさらけ出した。

守るべき人を守りながら。

記者が「メンバーに報告したらなんて言ってましたか？」という質問には「驚いてました」と言った。実際はどうだったかは分からないが、ここでは「おめでとう」という言葉はなかった。

この日の朝に会見をすると決めて、会場に入りライブを行い、そして会見を行った。

とてつもなく長い１日だったろう。

タクヤは自分らしく会見をやりきった。


会見を終えたタクヤにイイジマサンが「お疲れさま」と言って頭を下げた。イイジマサンの「男らしくない」から始まったこの日。「お疲れさま」の言葉が僕にまで沁み渡った。

タクヤは僕に右手を出して握手を求めてきた。

彼の右手と僕の右手で強く握り合うと、彼が言った。

「ありがとう」


エレベーターを降りて、廊下を歩く。メンバーたちはこの会見をどこで見ていたんだろうか？　ライブ会場から移動する車の中で見ていたのだろうか？

そう思いつつ、タクヤと楽屋に戻る。

そしてタクヤが楽屋の扉を開けると、目の前のソファーに、リーダー、ゴロウチャン、ツヨシ、シンゴが一緒に並んでいた。そしてタクヤに声を揃えて言った。

「結婚おめでとう！」

みんなの顔に今日初めての、本当の笑みが浮かんでいた。

そしてタクヤにもやっと笑顔が出た。

この会場に入ってから、メンバーの誰もが「結婚」のことも何も口にしなかった。それがプロとしてのエチケットだと思ったのだろう。

そして、楽屋を出て行く時に誰も「頑張ってね」と声をかけなかった。あそこで中途半端な言葉をかけることは良くないと思ったのかもしれない。


彼ら5人の仕事の時、タクヤはいつも決めるべき場所で決めてきた。生放送の放送終了直前に、ボウリングでストライクを決めて最高のエンディングを作ったり。バスケでロングシュートを決めたり、アーチェリーで最高得点を射止めたり。最後の最後にタクヤがビシッと決めて奇跡を起こしてきた。

彼らはそういう時、余計な言葉を口にしない。「やってくれる」と信じるのだ。それが彼らなりのやり方と絆と信頼。そして友情。

だからタクヤが会見に出て行く時も何も言わなかった。タクヤは「頑張るのは当たり前でしょ」とよく言っていた。手を抜かない。

彼の性格をよく分かっているからこそ、何も言わずに、最高の緊張状態のまま送り出した。

そして最高の会見をやってのけた彼を、リーダーは、ゴロウチャンは、ツヨシは、シンゴは、笑顔で迎えた。

僕はその言葉を聞き、後ろを向いた。涙が出たからだ。

アイドル冬の時代にデビューし、先輩たちのように華々しく売れることなく、他のアイドルたちが進まなかった道を、自分たちで切り開いて進んできた彼ら。

メンバーが１人抜けて、最大のピンチを迎え、そこで５人でまた手と手を強く握ってやり遂げてきた。

そして国民的アイドルとまで言われるようになった彼らのメンバーの１人が結婚をするという、想定外の出来事。

結婚して、子供を授かって、本来なら「おめでとう」と言われるべきことがアイドルだとめでたくはなくなる。誰かのガッカリに変わる。本当だったら胸を張って「結婚しました」「子供が出来ました」と言うべきことなのに言えない。

タクヤもきっと、この日ずっと胸のどこかに罪悪感があったに違いない。だけど、仲間たちの「おめでとう」で、全てが溶けていったはずだ。

そしてリーダーが言った。

「みんなでお祝いのご飯行こうぜ」

賛同するメンバー。もちろんタクヤも。

5人のメンバーと僕とイイジマサンとマネージャーチームの最少人数でタクヤのお祝い会を緊急で開催することになった。

マネージャーチームが急いで押さえた場所は、西麻布の有名な焼き肉屋さんの一番上の階にある部屋。

イイジマサンに「私たちはあとで向かうから、オサムは先にメンバーと行ってて」と言われた。イイジマサンはマスコミの対応で電話が鳴り続けていたので、あとから合流すると僕を先に送ったのだ。

メンバーはそれぞれのメンバー車で移動する。僕はタクヤの移動車に乗せてもらって移動した。

車の中のテレビではさっきまでやっていたタクヤの会見が流れていた。

タクヤの結婚会見はニュース速報になり、夜22時台のニュース番組でもトップニュースで報じられ、日本中の関心事となった。

自分の結婚会見を見るタクヤはどう思っているのだろう？　と考えた。自分と同じ年で、20代で、ニュース速報になるようなことを経験している。

この結婚が、世の中にどう受け止められるかは分からない。もしかしたら、ショックを受けたファンが一気に離れていくかもしれない。来年から始まるドラマも、ヒットしないかもしれない。マイナスのことを考えたらキリがないはずだ。だが、会見を終えたタクヤに、この日の朝感じた弱気さはなく、清々《すがすが》しい顔をしていた。オーラが戻っていた。


車が西麻布の焼き肉屋さんの前に着いた。

エレベーターを開けてくれている女性の店員さんが、タクヤの顔を見るとハッとした顔をした。ただでさえタクヤが来たら驚くはずなのに、よりによってこの日、結婚会見を終えたばかりの彼が来るわけだから、驚きは数十倍にもなる。

エレベーターは最上階まで上がっていく。1時間ほど前に乗っていたエレベーターの緊張感はない。


部屋に着くと、リーダー、ゴロウチャン、ツヨシ、シンゴは到着していた。

マネージャーもスタッフも誰も来ていない。

5人のメンバー以外にいるのは僕だけだった。正直「え？　俺だけ？」と思ったが、マネージャー陣はまだ対応が終わらないのだろう。

入ってきた店員さんが5人の顔を見て、「ワッ」と声を出すほど驚く。今日のタクヤのニュースは当然知っている感じだった。

メンバーそれぞれがお酒を頼む。そしてお肉など食べたいものも頼む。

まず大前提として、彼ら5人だけで食事に行くことなんてほぼなかったはずだ。コンサート終わりにメンバー全員が行っても、そこにはマネージャーチームやスタッフが結構いる。

メンバー同士、2人とかならばプライベートでたまに会うこともあったかもしれないが、こんな風に焼き肉屋さんでメンバー全員が並んでいることはとても稀《まれ》なことだった。

その証拠に、オーダーが済むと、会話がなくなった。

なんとなく言葉は発するが続かない。

今更、タクヤに結婚の馴れそめとか今の思いとか聞くわけにもいかない。

ドリンクが届き、リーダーの発声で「おめでとう」と言って乾杯はした。

とてもめでたい光景ではある。

だが、そのあと、肉が届き食べ始めても、会話がめちゃくちゃ弾むことはなかった。

仲が悪いとかそういうことでもなく、単純に、みんな照れていたのだろう。何を話していいか分からない。

ここにマネージャーとかスタッフが来れば、その人をいじったりして、その場が盛り上がってくるのだが、30分経ってもまったく来る気配がなかった。

僕は覚悟を決めた。盛り上げるしかない。とは言っても、僕が一人喋っても、きっとそれをきっかけに会話が弾けることはないと思った。

だから、僕はある企画をその場でけしかけた。女性の店員さんがお肉を持ってきた。

その店員さんに僕は言った。

「店員さん、この方、知ってます？　今日、何かと話題の」

そう言うと、店員さんは顔を赤くしながら「もちろん、知ってます」と言う。

するとタクヤが僕に「お前、何言ってんだよ」と注意する。

僕は再びその店員さんに言った。「店員さん、この5人の中で結婚したい順番決めてもらっていいですか？」と。

そう言うと、メンバーはにやつきながら「お前、何だよそれ」と突っ込むが、本当にNGという空気ではないのが分かった。

店員さんは慌てていたが、

「店員さん、本気で決めてください」

「え？　本当に言っていいんですか？」

「本当に言っていいんです」

　と力強く伝える。

　そして、僕が、

「結婚したい人、1番を教えてください」と言うと、店員さんは申し訳なさそうに言った。

「シンゴさん」

　シンゴが「よっしゃ」とバラエティーのテンションで喜ぶ。

「続いて2番目を教えてください」

　僕が言うと、店員さんは言った。

「えっと、じゃあ、ツヨシさん」

　ツヨシは「よっしゃー」と、バラエティースイッチを入れて、喜ぶ。

「じゃあ、3番目をお願いします」

　僕が言うと、店員さんは答えた。

「ゴロウさん」

　喜ぶゴロウチャン。

　残るは2人。もうここまで来たら行くしかない。

「4番目は誰ですか？」

そう聞くと、店員さんは無言でリーダーを指した。

これにより、最下位はタクヤとなった。

僕が店員さんに白々しく聞いた。

「なんでタクヤが最下位ですか？」

すると店員さんが照れながら言った。

「今日、結婚発表したんで」

その言葉でみんながわざとらしく、「あーー」と呟《つぶや》く。

タクヤは僕に「お前いい加減にしろよ」と言ってるが、笑っている。

日本一モテるはずの男が、ここでは5人中最下位となった。

この結婚ランキングで、空気が緩んできた。なので、僕は次に来た女性の店員さんにまたしても「あの、この中で結婚したいランキング決めてもらっていいですか？」と聞く。

メンバーは「もう、いいって」と言うが、求めている顔をしていた。

そこから3人ほど店員さんに結婚したいランキングを聞いていったが、全員、タクヤを最下位にした。

みんなで笑った。笑って話して、そして飲んで食べて乾杯した。

普段、こんな風に5人で笑い合う姿を見ることはなかったが、タクヤが結婚発表をしたこの日、彼らは笑ってお祝いした。

マネージャーたちが到着したのは、2時間経ってからだった。数人のマネージャーが到着すると、僕は「自分の役目は終わった」と、どっと疲れが出て酒が回った。
帰りのタクシーに揺られながら思った。28歳でこの疲れを経験出来る人は何人いるだろうと。

翌日、テレビ、新聞、メディアの全てがタクヤの結婚を報道した。
そして、タクヤの会見の姿が好印象を与えた。
彼の結婚はめでたく世の中に受け入れられた。

だが、ファンが本当はどう思っているかは分からない。
彼はまだファンの前で結婚することをちゃんと伝えてはいない。

明後日からツアーの最後、東京ドーム公演が行われる。
さいたまスーパーアリーナではトークをカットしたが。
この東京ドーム公演で、結婚のことをタクヤの口から伝えるのか？　伝えないのか？
伝えるとしたらそれ次第で、グループ全体に影響も出る。
どうしたらいいか、結論が出ないまま、東京ドームの初日を迎えることになった。

第4章

1・2・3・4 FIVE RESPECT

2000　1125

僕が渋谷から1駅のところにある陽当たりのいい部屋に引っ越したのは23歳の時だった。家賃は17万円。とても勇気のいる家賃だったが、この家賃が似合う人になりたいと、背伸びしてその部屋を借りた。

引っ越してすぐのことだった。ベッドで寝ていると、イイジマサンから電話が来た。それが彼ら5人の番組への誘いの電話で、僕の人生はさらに大きく変わることになった。

この部屋のベッドで寝ていると、なぜだかおもしろい仕事のオファーが来ることが増えた。ここに引っ越してから、放送作家としての僕は仕事が一気に多くなり、若くして沢山のチャンスをもらった。とにかく原稿を書く分量が多く、テレビ局の打ち合わせから帰ってきても、家で朝方まで仕事をしていることがしょっちゅうで、朝に寝て昼過ぎに仕事の電話で目覚めることが多かった。

その日は東京ドームでの５人のコンサート初日。コンサートの開演１時間くらい前になったら行けばいいやと思って、二度寝していると、イイジマサンからの着信があった。テーブルの上の携帯が、強く揺れているように見えた。

電話に出ると、イイジマサンの声が少し慌てているように感じた。

「あなた、今、なにしてるの？」

もしかして？　と思って履歴を見ると、着信が何度か残っていた。

「今、家ですけど」

寝起きの声でそう返す。

「なにしてるの！　早く来なさい」

「だって、今日、本番ちょっと前に行けばいいんですよね？」

「大事なことを今、決めてるの。とにかく早く」

もう結婚の発表もしたし、大事なことは済んだと思っていたが、まだ残っていた。

タクヤの結婚は会見の翌日から連日、メディアで大きく報じられていた。

月曜22時の彼ら５人の番組は、タクヤの会見後の初めての放送のゲストが、名司会者だった。たまたまだ。

その司会者は自分の番組で、ゲストの本音をうまく聞き出していくことで有名だった。

当然、会見前に収録されたものだったが、放送が結婚会見直後だったため、視聴者もタクヤが結婚のことを赤裸々に話すのではないかと期待してしまった。

世帯視聴率30％を超えたことがその期待値だろう。高倉健が出ても超えられなかった30％の壁を越えた。

ただ、番組の中で結婚について話すことは全くない。会見後、タクヤやメンバーも、結婚のことをメディアで口にしなかった。

僕はそれでいいと思った。あんなに堂々と会見をしたんだから、それで決着しただろうと。だから、コンサートは東京ドームの公演を残してはいたが、そこでも、特に結婚のことは触れずにいくのだと思っていた。


僕はタクシーに乗り、急いで東京ドームに向かった。到着して会議室に入ると、リーダー、ゴロウチャン、ツヨシ、シンゴにタクヤ、そしてイイジマサンが会議をしていた。

僕が会議室に入ると、イイジマサンとメンバーから一斉に「おせーよ」と言われるが、そもそもこんな会議をするなんて聞いてなかった。

急遽始まったらしいその会議の空気が穏やかではないことに気づいた。

会議の理由を聞くと、タクヤが、「自分が結婚することをファンの前でちゃんと伝えたい」と言い出したからだった。

結局、さいたまスーパーアリーナの時にはなにも触れずにコンサートを行った。

会見はしたが、ファンの前では直接報告してない。それがタクヤの中ではずっと引っかかっていた。

そもそもだが、ファンの心理からしたら、自分が人生を賭けて応援しているアイドルが結婚すること自体、嬉しいか嬉しくないかの2択で聞かれたら嬉しくないはずだ。

もちろんファンはその人が幸せになってくれることを望むが、それと同時に、幸せにしてくれることも望む。それがファンだ。

しかもタクヤは28歳。

アイドルとしても俳優としてもトップに立っている彼の結婚という決断は、予想に反するスピードだったはずだ。

ファンからしたら、堂々とした会見を見たことで結婚をすることは分かったけれど、それを納得したかしてないかは別の話だ。

タクヤは「この東京ドーム公演で、コンサートが始まる前に自分の口でファンに報告したい」と言ったが、当然、メンバーはそれをライブで報告することで、ファンを刺激してしまう可能性があることを考える。

もしかしたらタクヤが自分の口でファンに改めて伝えることによって、その場で泣く人だって、怒って叫ぶ人だって、帰ってしまう人だっているかもしれない。

タクヤもその可能性は十分理解していたが、それでも自らの口で報告するというのが自分なんじゃないかと思い、みんなに伝えていた。


今回のライブの構成は、ステージに巨大な幕がかかっていて、最初に数分のVTRが流れると、巨大な幕が一瞬で落ちる。そこに5本のスタンドマイクがあり、その前にメンバーが並んで歌い始めるという、シンプルだがダイナミックな構成。

シンプルなものこそ、スターじゃないと似合わない。

最初に歌うのは、ビートルズの有名曲と同タイトルながら、不器用でも下手くそでもそれが人生なんだという言葉を疾走感のあるメロディーで伝える曲だった。


タクヤは、ライブが始まる前に、まず、幕の前に1人で出て行き、ファンに話したいと言った。

これこそシンプルで大胆で潔い。潔すぎるが、誰が聞いてもそのリスクの高さを感じる。

1人で5万人のファンの前に出て行き、結婚を報告することによって、ファンが一斉にブーイングをし出す可能性もある。

そうしたら、もうその日のライブを行える空気には戻らないだろう。THE END。

メンバーは「もしも」の時のマイナスのシミュレーションもしなければならない。


タクヤの気持ちを聞いたリーダーは提案した。今から、タクヤの思いを収録して、ライブが始まる前にVTRで流すのはどうかと。

そのアイデアを聞き、確かに、それだとかなりリスクは減ると思った。1人で出て行くと、タクヤに対して何かを伝えたいと思うファンの熱量がさらに上がり、最悪のことが起きる可能性も高くなる。だが、VTRならば、その可能性は減る。立て直すことも出来る。

僕もその案がいいんじゃないかと思った。みんなが賛同する空気になった。

でも、タクヤはやっぱり1人で出て行き、話したいと言った。

意見が分かれた。

VTRで伝えるべきだというリーダーと、ファンの前で伝えたいというタクヤ。

リーダーは、リーダーとしてライブ全体のことを考えて提案する。最悪のことが起きた時にライブが成立しなくなる。今日だけじゃない、明日以降のライブにも影響してしまう。

タクヤもそれは分かっているが、人としてのケジメをつけたいと思っている。

ゴロウチャン、シンゴ、イイジマサンは、それぞれの案に対してイメージを膨らませて意見を言うが、話はまとまらないままだった。

無言の時間も多くなり、答えが出ないまま時が過ぎていく。

ライブの開幕が近づいてくる。

残された時間は少ない。

僕はVTRを撮影して流すべきだと思った。タクヤの気持ちは分かるが、リスクを取るべきじゃないと。

そんな時だった。

タクヤの目を見て「好きなようにしたらいいと思うよ」と言ったメンバーがいた。

それは。

ツヨシだった。

会議中、ずっと自分の意見を言ってなかったツヨシが急に口を開いた。

まず、それにみんな驚く。

そしてツヨシの意見が「タクヤの好きなようにしたらいい」という意見だったことに更に驚いた。

ツヨシはいきなり温度が上がり、タクヤに向かって続けた。

「俺ら、幕の後ろにずっといるから大丈夫だよ。ファンの人が怒ったり、ブーイングし出したら、俺ら、幕からすぐに出て行くから。俺らずっと後ろにいるから。好きなように好きな思いを伝えたらいいよ」

いつも自分の意見を主張することのないツヨシの熱い言葉。

シンゴは、ツヨシの意見を聞き、ニンマリとした。シンゴはツヨシより年下で、昔から兄弟のように一緒だった。年下のしっかりした弟と頼りない兄貴のツヨシ。番組でも天然な発言をするツヨシにシンゴがツッコむことが多かった。

普段は頼りない兄貴のツヨシが、ここぞとばかりに強烈な矢を放つかのように意見を放った。そして深く刺さった。

ツヨシの言葉が滞《とどこお》った空気をぶち壊した。


ツヨシの言葉を聞き、リーダーも納得した。

イイジマサンも「そうしよう」と言った。

ゴロウチャンもシンゴもその言葉で動いた。

ツヨシの言葉でみんな覚悟が決まった。

タクヤは、コンサートが始まる直前に5万人のファンの前に現れて、自分の言葉で結婚することを伝えることになった。

これまでの芸能史上、そんなことをした人はいない。

そのあと会議室で僕はタクヤと2人きりになった。タクヤがみんなの前に出て行き、どんな話をするかを決めるためだ。

そこに他のメンバーは介在せず、2人で話すことになった。

タクヤはまず、自分が結婚することを改めてファンに伝えたいと言った。

僕は「ファンに謝るの？」と聞いた。

アイドルの結婚はタブーというイメージ。

結婚にショックを受けたファンは当然ながらいるわけで、僕が結婚すること自体を謝るかどうか尋ねると、タクヤは「結婚するのは悪いことじゃない」と言った。

それで僕はハッとした。

タクヤが28歳で結婚するという選択を、同じ年の僕としてリスペクトする気持ちがある反面、ガッカリするだろうファンに対して、しっかりと謝ってもいいんじゃないかと思う気持ちもあった。

この芸能界で10年近く仕事をしてきて、人気商売の人が結婚することは「悪いこと」と思いこんでいる自分がいたことにハッとしたのだ。

自分の人生の中で、結婚し、家族が出来るのは悪いことではない。めでたきことである。

そんな当たり前のことも霞んでしまう世界にいたことに気づく。

彼の中には真っ直ぐすぎるその思いと信念があった。

「ただ、１個謝らなきゃいけないことがある」

タクヤは言った。

本当なら、最初にファンに伝えなきゃいけなかったのに、それが出来なかったこと。そして心配をかけたことをちゃんと謝りたいと言った。

そのことを彼は自分の口から伝えたかったのだ。結婚するという報告はもちろんだが、それ以上に、ちゃんと伝えられなかったことに対する謝罪の気持ちを。


僕がタクヤの言葉をまとめて、手書きで紙に書いた。

タクヤにそれを渡すと、その紙を見つめて、小さな声でその言葉を何度も反芻《はんすう》して自分の体に馴染《なじ》ませている。

自分の言葉にして焼き付けると、僕を見て「ありがとう」と言って、その紙を自分の手で破り、言った。

「よし!!」


タクヤと僕がその話をしている間に、きっとリーダーはその日のライブで起きることをイメージして、対策を立てていたに違いない。

もしタクヤが１人で出て行き、ブーイングが起きたら。

その後、幕が落ちて、ファンが盛り上がらなかったら。

何より、この日のライブは、フリートークをカットにしていなかった。

いつもは20分以上話すフリートーク。さすがにタクヤが数日前に会見し、コンサートの最初に１人で出て行って報告すれば、まったく結婚に触れないわけにはいかない。

だけど、タクヤが最初に挨拶した時の反応次第ではトークの内容も変えるべきだ。

自分たちの口からタクヤに「結婚おめでとう」と言うべきなのかどうか？

結婚の馴れそめを聞くべきなのか？

ただ、一つ言えるのは、ファンはこの日のコンサートを楽しみに来ているわけで、タクヤの結婚の報告を聞きに来たわけではないということだ。

乗り越えなければいけない壁があるのは事実。

この日のライブをどう楽しませるかが一番大切なことだ。

間違いなく。

難題。

そして、これをピンチと言う人もいるだろう。

このピンチにつまずき、彼らの勢いが落ちることを願う人だって沢山いる。

芸能界だ。

メンバーの1人が結婚を発表したあとの初めてのコンサート。

5万人の前で結婚することを報告するという、芸能史上初めてのことが行われる。

この日から彼ら5人のファンが一気に離れることもありえる。

やはり、ピンチである。

でもリーダーはよく言っていた。「ピンチはチャンス」


東京ドームに5万人の客が入り、彼らの運命の鍵を握るコンサートが始まった。


コンサートがVTRから始まることは、この日ライブに訪れたほとんどの人が知っている。いつもなら照明が落ちて、ファンが歓声を上げ、VTRが始まる。

この日は違った。

照明が落ちずに、いきなり、舞台に1人の男が歩き出してきた。

タクヤだった。

ファンがタクヤが1人で登場したことに、驚きの声を上げ、それがドーム中に轟《とどろ》く。

まさかタクヤが1人で出てくるなんて想像もしなかっただろう。

多くのファンは、結婚のことには触れずにいくのではないか？　と予想していたはずだ。

だから余計に、計算外のことに響《どよ》めく。

響めきと同時に、ドームの空気が一瞬にして凍っていくのが分かった。

なにをするの？

なにを言うの？

私たちは悲しむの？

どうなの？

5万人の視線が、幕の前に立つ1人の男性に集まる。


そしてタクヤである。

タクヤはステージの袖から1人でゆっくり歩いていき、センターに立った。

焦りは見られなかった。

ファンの「不安な思い」はステージに立つタクヤに一番届いているはずである。

彼の場所からはファンの、みんなの目が見える。その目が、いつもとは違うことは彼が最もよく分かっているはずだ。

普通なら、ここで、すぐに決めた言葉を言い出す。早く終わらせてしまいたいと思うものだろう。

だが、彼は違った。

そのファンの思いを、不安を、噛みしめるかのように、ドームにいるお客さんたちをゆっくりと左から右まで見たのだ。

そして、今度は右から左までゆっくり見る。

その行動にファンがまた響めく。

タクヤは少し笑みを浮かべて堂々と見る。

逃げることなく１人で５万人の前に堂々と出てきて、ファンの顔を、目を、ゆっくり見つめたこの行動に、会場全体の凍っていた空気が少し溶けだした気がした。

その空気を、一生に１度、芸能界でたった１人しか感じることの出来ない空気を噛みしめたあと、タクヤは口を開いた。

「みなさんこんばんは」

そして自分の名前だけ名乗った。グループ名は名乗らなかった。自分で背負うべきことだと思ったからだろう。

「今日はコンサートが始まる前に自分の口からみなさんに報告することがあります」

報告という言葉がファンに届く。すでに涙目になっているファンも見えた。

「わがままを言って、どうしても自分の口からコンサートが始まる前にみんなに報告したいことがあったんで、この場に立たせてもらいました」

言わないで。

そんな思いが一気に固まった気がした。

タクヤが5万人に向かって言った。

「俺、今度結婚します」

みんな知っている。誰もが知っていることだが、彼から直接言われた言葉ではなかった。彼から伝えられたことで、0・0001%の可能性は消える。

そして続けた。

「本当はコンサートツアーが終わってしっかりとした時に、直にみんなに報告するはずだったんですが、あのような形になってみんなにもビックリさせちゃったと思います」

このあと、言った。

「そのことに関しては本当にごめん」

謝った。心配をかけたことを謝った。

その言葉でドーム中の固まった空気が少しずつゆっくり緩んできた気がした。

「でも、でも」

間を開けると、再び口を開いた。

「本当にこれからも、今まで通り一生懸命頑張っていくので、今まで通りの自分でいようと思います」

彼はめったに「頑張る」という言葉を使わない。

頑張るのは当たり前だと思っているから。

だけど敢えて使った「頑張る」という言葉はファンに届いた。

そして、そのあとに、「本当に、本当に」と言って、噛みしめるかのように、グループのメンバーで良かったと伝えた。

幕の後ろには。自分の後ろには、リーダーが、ゴロウチャンが、ツヨシが、シンゴがいる。

何かあったら飛び出ていくぞと立ってくれている。

タクヤにはとてつもなく力強かったはずだ。

この日ほど、メンバーの力を感じた日はなかったはずだ。


タクヤの言葉をファンは受け止めた。5万人の前に堂々と出てきて、結婚を伝え、そして、ファンに心配をかけたことを謝った。

彼の性格を分かっているファンは、彼から謝罪の言葉が出たことに驚いただろうし、だからこそ気持ちを受け止めることが出来た。

タクヤの思いに拍手を送るファンも沢山いた。

東京ドームの凍った空気は、溶けた。

そしてタクヤは叫んだ。ライブのスタートを。

その声と同時に、幕が一気に落ちると。

リーダーが。

ゴロウチャンが。

ツヨシが。

シンゴが。

笑顔で立っている。

そこにタクヤが入った。

5人のライブが始まった。


さいたまスーパーアリーナの時とは違い、ファンは120%以上ボルテージを上げてライブを楽しんだ。

会場の温度もどんどん上がっていき。

トークコーナーになる。

一体ここをどうやって凌《しの》いでいくのか？

タクヤの挨拶は、ファンには一旦は受け入れられたが、リーダーはこのトークで結婚のことにどう触れていくのか？

それとも触れないのか？

このトークをファンは安心して楽しむことが出来るのか？

「皆さん、お座りください」

トークコーナーに入ると、リーダーのおなじみの言葉でファンが座る。

「何を話すのだろう？」とファンが気がかりになっているのは感じた。


リーダーがいきなりタクヤに言った。

「おめでとう！」

いきなり結婚のことに触れた。だが、「おめでとう」と口にすることで、めでたいことなんだという空気を作る。そして続けた。

「オープニング、かっこよかった。あんなに話すとは思わなかった。じんとしちゃったよ」

この時点でもしかしたらファンの中には、タクヤの最初の結婚の報告に対して、ネガティブに思っている人がいたかもしれない。だが、リーダーのこの言葉で、気持ちが変わった人もきっといただろう。

会場の空気がかなり温かくなる。

リーダーの言葉を聞いたタクヤは「口の中、カラカラだった」と本音を漏らしたあとに言った。

「今日、ライブ出来たこと忘れない」

見ていた僕はその言葉でグッと来た。

でも、このあとトークは続く。するとシンゴが話し始めた。タクヤが結婚報告をしている時に、ツヨシが幕の裏で言っていたこと。

「これダメか？　オレが行かなくちゃダメか？」

テンションが上がってシンゴが止めてなかったら行くところだったと。

冗談っぽく言っているが、本当だったのだろう。

この話にメンバーは笑う。

すると、今度はリーダーが「ある暴露」を始めた。

「お前、鼻ほじってたろ」

タクヤが結婚報告をしている時、幕の裏でゴロウチャンが鼻の穴をほじっていたという暴露。

するとゴロウチャンは驚いた顔をして。

「ほじるわけないだろー。鼻をかいてたんだよ」

否定するがメンバーは追及する。ゴロウチャンはヒートアップして否定する。

会場はどんどん大爆笑になっていく。

この鼻をほじっていた疑惑、当然ながら、ゴロウチャンがそんなことするはずはない。

リーダーのでっちあげである。

ゴロウチャンを攻めると、シンゴとツヨシは自由な立場に立てる。時にゴロウチャンを攻めたり、守ったりして、トークを広げることが出来る。

リーダーが走りだした方向で、より広がるように、シンゴはリーダーから絶妙にパスを受け取り、またパスを返す。

このあとリーダーは再びタクヤの結婚の話に戻す。リーダーは結婚会見があった次の日、新聞を全部買い寄せ、ワイドショーも編集してもらって見たと。

「俺、ファンなのかな？」

そうやっておどけて見せながら、新聞などに書かれていたことを話し出した。

「解散するって言うんだよ」

ファンが一番心配しているであろうこと。

「俺に話が来ていないだけ？　俺１人でやるの？」

そうやっておどけると、シンゴが続ける。

「あり得ないです」

そしてタクヤも「ないです。そういう風に書いた奴はふざけんな」とタクヤらしい言葉で話すとファンは沸く。

完全否定してファンを安定させたあとにリーダーは言う。

「ゴロウチャンは今年いっぱいで……」

「もうちょっとつきあわせてくれよ」

そう言うゴロウチャンにファンも笑う。

そして安心する。


タクヤはフリートークの時に何を話せばいいのか？　気になっていたはずだ。

だが、リーダーは、タクヤの結婚のことに絶妙に触れながらもタクヤに結婚する思いなどは聞かず、あくまでもトピックの入り口として触れて、別の話題に転換していった。

タクヤが円の中心にいるフリをして、トークを組み立てていく。

そのリーダーのトークの構築に、ゴロウチャン、ツヨシ、シンゴはファンが余計なことを考える隙がないように各自のキャラクターを利用しながら乗っかっていき、笑いを作る。


この日、ファンはモヤモヤを抱えたまま、コンサートに来たはずだ。

彼ら5人をずっと応援してきて、いきなりタクヤの結婚という現実を受け止めなければいけなくなった。

もしかしたらこれでグループは解散してしまうのかもしれない。

タクヤは1人で脱退してしまうのかもしれない。と、沢山の不安を抱えていたはずだ。

そんな不安は取り払われていき、笑いに変わった。

トークの途中、４人のやり取りを聞いていたタクヤはポツリと言った。

「このグループ、おもしろいよ」


彼はこの年の最初に、自分の主演ドラマで40％を超える視聴率を記録した。世の中に間違いなくタクヤのブームが起きていた。

自分に大きな自信もあっただろう。

でもその中での結婚。

タクヤにとって、あらためてグループでいることの強みとグループでいることへの感謝が溢れたに違いない。

だから自然と、その言葉が出たのだ。


このタクヤの結婚を経て、彼ら５人のグループの絆はさらに強いものになった。

アイドルとしてのタブー。

結婚をしているメンバーもいるアイドル。

また時代の道を切り拓き始めた。


ピンチをチャンスに変えて再び強く早く走り出した彼らだった。

だが、結婚後のタクヤを「結婚して絶対に勢いが落ちた」と言う人、願う人は少なくなかった。

2001年になり、1月からタクヤの結婚後初の連続ドラマが始まった。

もうタクヤは結婚したから視聴率が取れない。

始まる前にそう言う人も沢山いた。

彼はそのドラマで型破りな検事を演じた。そのドラマは平均視聴率「34・4％」を記録し、まさしく時代のHEROとなった。

そして月曜22時の5人の番組も、14週連続25％を獲得し、番組開始から6年目にして記録を叩きだした。

2002年。コンサートで歌う5人のメンバー紹介をする曲の作詞をリーダーとともにすることになった。

その曲のサビに、リーダーが言っていた言葉「ピンチはチャンス」と入れた。そしてタイトルは、ピンチをチャンスにして乗り越えていった彼らが、馴れ合いではない中でお互いのことを思う気持ちはこれしかないと、タイトルを付けた。

FIVE RESPECT。

第5章 WELCOME ようこそ日本へ

バラエティー番組はドラマと違って、最初に終わりが決まってない。ドラマだと、ヒットしたら大体ヒットしたまま終わりを迎えられるが、バラエティーはどんなにヒットした番組でも最終回を迎える頃は視聴率が下がり、「打ち切り」となることが多い。

バラエティーを長く続けることは本当に難しい。長く続けるために大事なのは、スタッフを若返らせていくことだ。

月曜22時の5人の番組は1996年の開始から10年が経とうとしていた。

イイジマサンは焦りを感じていた。イイジマサンも、5人の番組を長くおもしろい番組として続けていくために大事なのはチームを若返らせることだと思っていた。

番組をさらに長く続けるために、スタッフが一気に若返った。

ヒット番組を作ったプロデューサーは、テレビ局の番組の司令部的な部署、編成部に異動することが多い。出世というやつである。番組を立ち上げた荒木さんは編成部に異動していた。

番組の新たなチーフプロデューサーとなった黒林さんは、若い頃ずっと音楽番組チームにいたのだが、途中からディレクターとして５人の番組に参加し、経験を積んできた。

もう一人のプロデューサーの春田は甘いマスクで顔も育ちも良く、しかもバイリンガルで英語も出来る。編成部にいたのだが、異動で番組のアシスタントプロデューサーとして入り、黒林さんがチーフプロデューサーになったタイミングでプロデューサーに昇格した。

演出の野口は入社してからずっと番組のＡＤとして修業してきた。途中からディレクターになり、チームが若返るタイミングで演出のトップとなった。大学時代にアメフトをやっていて、真っ直ぐで熱い男だった。

そして作家チームも、僕がお願いした元芸人さんでとてもおもしろいコントが書ける石山さんと若手の大川と僕という３人を中心としたチームになっていた。

黒林さんはチーフプロデューサーであるが、番組内で「ダメ人間」というコントを作られてしまうほど、ツッコミどころの多い人だった。

ある時の会議、深夜に僕も含めて番組の方向性について熱い激論を交わしていた。番組をよりおもしろくしていくために、みんなが自由に意見を言う場だったのだが、野口と春田は、良くするためにあえて厳しい意見も言っていく。守ることも大事だが、変えていかなければいけない部分を言われると、番組開始当初からやってきた僕は、彼らの意見に対してつい熱くなる。

意見と意見がぶつかり合って、険悪な空気になった。

黒林さんはチーフプロデューサーなのにずっと意見を言わないことにも僕はいらだっていた。

その時、僕の目に黒林さんのある姿が目に入った。なんだか机の下に腕を隠してこそこそやっていた。何をしてるんだろうと目を凝らしてみる。

すると、黒林さんの右手の中指が、飲み終わったペットボトルの飲み口にしっかり入っている。かなりの深さだ。そこで僕は気づいた。黒林さんは、僕たちが熱い激論を交わしている時に、飲み終わったペットボトルの飲み口に中指を入れたら、ハマった指が中でうっ血し、抜けなくなってしまったのだ。

だけど、険悪な空気になっている会議で、そんなことは言えない。黒林さんはなんとかして、机の下で、ペットボトルから中指を抜こうとしていた。

僕以外、誰も気づいてない。最初はその黒林さんの姿を見て腹が立った。「会議中に何してんだよ！」と。だが、こっそりとペットボトルから中指を抜こうと奮闘する黒林さんの姿を見て思わず吹き出してしまった。

僕が吹き出す姿を見て、春田も野口も疑問に思う。険悪な空気になっていたのに、僕が吹き出したから。

僕は我慢できずに言った。

「本当に申し訳ない。黒林さん、いい加減にしてください」

春田も野口も、僕が突然そんなことを言い出した意味が分からない。

「右手をみんなに見せて」

僕がそう言うと、黒林さんは恥ずかしそうにペットボトルにハマった中指を見せる。みんなが理解するまで数秒かかったが、理解したらみんなが笑い出す。

あきれて笑い出す。

険悪な空気からのギャップ。最初はクスクス笑っていたが、みんなが真剣に激しく言い合ってる中で焦る黒林さんの心のうちを想像して、大爆笑になった。

結果、黒林さんの中指ペットボトルで、会議の空気はリセットされた。

天然でツッコミどころの多い、ゆるキャラ的な存在でもあった黒林さんの下に、春田と野口という頼りになる２人がいる。

この３人を中心にした新しい体制で番組を作っていくことになった。

黒林さんは、ゆるキャラではあったが、やりたいことはハッキリ言うタイプだった。

番組が開始から10年経ち、日本の芸能界の人気俳優はほとんど出演していた。高倉健の出演により、大きな扉が開いていた。

なかなかテレビ出演しない人たちも出てくれた。

人気の俳優さんたちは、番組を気に入って、2回、3回と出演してくれることもあるのだが、やはり最初に出演した時の「緊張感」が、視聴者が見たいところでもあった。

そうなると、日本の俳優さんで、初めて出てくれる「大物」は少なくなっていた。

そこで黒林さんは、ある戦略を立ち上げた。ハリウッド俳優と、アメリカのミュージシャンに出演してもらえるように頑張ると。

確かに、それなら、彼ら5人も分かりやすくテンションが上がるし、緊張感が生まれる。なによりまず「見たい」。

だが問題は、出てくれるのか？　ということだ。

黒林さんの理想論を現実的に構築していくのが春田の役目だ。

「うちの番組に出て、宣伝になるとなったら、出てくれる流れが出来ると思います。なので、その流れを作りましょう」

春田はそう言った。

映画会社、レコード会社、片っ端から声をかけていく。

番組の会議で、今後どういう人に出てもらいたいかキャスティング案を出し合うのも大事だった。これまでも、この先始まるドラマや日本の映画の情報を収集してキャスティング案を出し合っていたのだが、映画雑誌や映画の情報サイトなどで今後公開されるハリウッド映画の情報などを見て、アイデアを出していくようにした。

普通の番組なら1、2カ月先のキャスティング案を出していく。だが、ハリウッド俳優となるとそうはいかない。1年先になるかもしれないけど、声をかけていこうと。

映画会社に連絡して、1年後のキャスティングのオファーをしていたのは、この番組だけだった。映画会社も、ハリウッド俳優が来日した時に、短時間で一番効果的な宣伝方法を探りたいと思っていたのだろう。春田がどんどん声をかけていくと、来日情報を教えてくれるようになり、そして、番組に出演してくれるようになった。


キャメロン・ディアスという女優さんが来た時だった。リーダーとタクヤと同じ年の彼女は、料理の企画に出演し、メンバーが作ったオリジナルの麺を食べて、何度も「おいしい」と喜び、終始、ハイテンションで帰って行った。

スタジオで見ていた僕たちは「さすがハリウッド女優だな〜。最後まで楽しそうな自分を演じて帰って行ったな〜」と思っていたのだが、それは演技ではなかった。

彼女はアメリカで、知人の俳優たちに番組のことを宣伝してくれたのだ。

「もし日本に行くならあの番組に出た方がいい」と。

彼女のインフルエンス効果はとてつもない力を発揮して、沢山のハリウッド俳優たちが出演してくれるようになった。

人前で食事を食べることを好まない人もいたが、ニコラス・ケイジは出演し、口元を隠しながら料理を食べてくれた。

春田と映画会社の細かな連携により、世界の俳優が日本に来た時に出たい番組になっていったのだ。


黒林さんはそれだけでは満足していなかった。メンバー5人にもっと刺激を与えたい。喜ばせたい。そして日本で一番のエンターテインメント番組であり続けたいという思いから、ハリウッドの俳優だけでなく、海外のアーティストをもっと出演させたいと企んでいた。

番組には日本の名だたる俳優がほとんど出演していたのだが、歌手やアーティストとなると、トップの中には何度オファーしても首を縦に振ってくれない人たちもいた。

だったら、そこを飛び越えて、海外アーティストに出てもらおうと。

黒林さんは海外アーティストをブッキングするためにある作戦をとった。それは、メインスタッフで、アメリカのグラミー賞を見に行くというものだった。

しかも紋付き袴で見に行く。

グラミーの会場に紋付き袴の男たちが何人も降りてくるだけで注目を浴びる。しかも、グラミーが終わったあとのメーカー主催のパーティーにその格好で出席し、さらに注目を集める。タレントでもないスタッフが海外でパフォーマンスをして目立てば、話を聞いてくれる人もいるだろうと考えたのだ。

それまでのテレビマンは誰も考えなかったこと。この作戦が見事に功を奏して、海外アーティストが出てくれるようになった。

黒林さんの中では絶対に出演させたいアーティストが２人いた。一人が、マドンナだった。クイーン・オブ・ポップ、マドンナ。

マドンナに会えると言ったら喜ばない人なんていない。

黒林さんがある日の会議で言った。

「マドンナを狙います」

マドンナが日本のバラエティー番組に出演なんかしたら、それはもちろん初めての快挙となる。さすがに僕も「いやいや無理でしょう」と言った。

だがそこから数年経ち、本当に実現した。

黒林さんのレコード会社へのお願いと根回しはまさに執念だった。マドンナと同じレコード会社の海外アーティストの曲を番組中にさりげなく使用して、勝手に恩を売る。お願いされる前に宣伝したいことを先回りしてやっていく。

とにかく、マドンナ、マドンナとお経のように言い続ける。

その執念が夢を叶えることになる。新曲発売のタイミングで、番組出演のＯＫをくれたのだった。

マドンナが出演ＯＫをくれた裏側には、とある理由があった。

黒林さんがまだプロデューサーになる前、番組の音楽ディレクターだった時に、レニー・クラヴィッツという海外アーティストを番組に出し、歌唱してもらった。

5人の中でもタクヤが彼のことを好きだと言っていたのもあったが、当時は海外アーティストに出てもらうのは珍しかった。黒林さんの「出したいんです」という思いを受けて、当時のチーフプロデューサーだった荒木さんもOKした。

確かにとても格好いいパフォーマンスだったのだが、レニー・クラヴィッツとの歌コーナーが始まると、視聴率は急激に下がっていった。

その結果を受けて、荒木さんは黒林さんに注意をした。「確かに格好良かったし、出したい気持ちも分かるけど、番組全体の視聴率のことを気にしてほしい」と。

荒木さんの言うことはもっともだし、黒林さんも結果を受けて落ち込んでいた。

だが、マドンナが出演をOKした理由の1つは、過去に、この番組にレニー・クラヴィッツが出演していたことだった。

有名なハリウッドセレブは何人も出ていたが、そこは響かずに、レニー・クラヴィッツが出ていたことがマドンナには響いたのだ。

黒林さんはそれを聞き、大きくガッツポーズをした。過去の「失敗」が、輝くブーメランとなって戻ってきた。

レギュラー番組は、毎週放送されているから、年数が経つと「今日は見なくてもいいか」

と思われることもある。「今日は見なきゃ」と思わせることはとても労力のいることだ。

マドンナが出演した回は、「今日は見なきゃ」いけない回となり、大きな話題を呼んだ。そしてマドンナの出演により、海外アーティストの出演も増えていった。

マドンナが出演してから数カ月経ったあとだった。

「オサムさん、マドンナのラスベガス公演行きませんか？」

黒林さんが誘ってきた。

マドンナが番組に出演してくれたお礼を、ラスベガスまで行ってマネージャーに伝えたいと言うのだ。わざわざラスベガスまで行くことに意味がある。こういう気遣いをするところが黒林さんのおもしろいところだ。

黒林さんと番組ディレクターの代木さん、そして僕は、ラスベガスに向かった。

ロサンゼルス空港で乗り継ぎのために待機していると、代木さんは、高級しゃぶしゃぶ肉の入った発泡スチロールの箱を両手で大事そうに抱えていた。黒林さんに「マドンナはしゃぶしゃぶが好きだから高級和牛の肉を持ってきてください」と言われたからだ。

マドンナのライブが始まるまで５時間ほど。空港でラスベガス行きの飛行機を待っていると、黒林さんが航空会社の人と言い合いしている。

「どうしたんですか？」

僕が心配になり黒林さんに声をかけると、彼は言った。

「オーバーブッキングで乗れなくなりました」

ロスからラスベガス便では時折あることだが、まさか自分たちがそうなるなんて思ってなかった。飛行機なら1時間だが、僕たちが乗れる便がいつになるか分からない。それを待っていると、せっかくのマドンナのライブに間に合わないかもしれない。

一度空港を出て考えることにした。

黒林さんは喫煙所に行きタバコを吸っている。イライラしているのが分かった。

すると、あるものが僕の目に入った。

タクシーだった。

「そうか。タクシーか」

僕は黒林さんのところに走って行き、言ってみた。

「黒林さん。アホなこと言いますけど、ラスベガスまでタクシーで行けないんですかね?」

渋谷から六本木まで行く感じで言ってみた。それしかないと思ったから。

黒林さんがタクシードライバーを捕まえて話し出した。

黒林さんの言葉にドライバーが明らかに「REALLY?」みたいな顔をしてるのが分かった。

黒林さんが僕らのところに来て。

「こっから430キロくらい。時間にして4時間から6時間。飛ばせば間に合うかもです」

そう言うと、黒林さんは鞄から大量のドル札を出して、ドライバーに渡すと、めちゃくちゃテンションが上がっているのが分かった。

「オサムさん、乗りましょう」

僕たちはタクシーに乗り、ロスからラスベガスまで向かうことになった。430キロというのは東京から名古屋を越えて、京都に届くくらいの距離だが。

銀座から六本木まで行くかのようにタクシーに乗った。

タクシーが走り出して1時間も経つと、窓の左右は砂漠のような景色になった。強い日差しが窓から射してくる。代木さんはしゃぶしゃぶ肉の入った箱を大事そうに抱えている。

僕と黒林さんは会話を交わさなかったが、段々不安になってきた。「本当にラスベガスに向かっているのだろうか」と。

ドライバーが「給油する」と言って、ドライブインに入った。誰もいない、周りが砂漠のドライブイン。映画では見たことがある風景。

ドライバーがトイレに向かうと、僕は笑いながら黒林さんに言った。

「ドライバーさんが戻ってきて拳銃持ってたら完全にアウトですね」

みんな笑っていたが、同じような不安を抱えていたことは間違いない。

再びタクシーが動き出し、砂漠の中を走った。

砂漠。

もっと砂漠。

さらに砂漠。

タクシーに乗り3時間過ぎた頃には、僕たちの不安はますます大きくなる。代木さんが箱を抱える手の力も強くなっているのが分かった。

眠いのに全然寝られない。

本当にラスベガスに向かっているのかな。やっぱり飛行機を待っていた方がいいんじゃなかったかなと思った時だった。

砂漠の遠くに、巨大なビルが見えた。

そのビルの数がどんどん増えてくる。

ラスベガスだった。

タクシーは本当にラスベガスに向かっていたのだ。

ラスベガスの派手なビル群が一気に見えた時に、黒林さんは叫んだ。

「ラスベガスだーーーー」

なにより、タクシードライバーのテンションが上がってる。

車がラスベガスの街中に着くと、渋滞に巻き込まれ動かなくなったので、そこでタクシーを降りた。

走ってホテルに向かうと、開演時間に間に合った。

ライブが始まった。

1万人ほどのキャパシティーの会場、東京では見られない、マドンナの極上のショー。その極上のショーを特等席で見ることが出来た。

タクシーで来て良かった。

ライブが終わり、スタッフのところに行くと、テンガロンハットを被ったマドンナ側のスタッフが黒林さんを見つけてハグをしている。

飛行機がオーバーブッキングになりタクシーで来たことを伝えるとさすがに驚いていた。そして代木さんが持ってきたしゃぶしゃぶ肉を渡す。黒林さんが中身を説明すると、相手がなんだか申し訳なさそうに言っていた。

黒林さんは、気まずそうに代木さんに言った。

「好きなのは肉じゃなくて、鯛のしゃぶしゃぶでした」

最高のエンタメ番組は、番組の外までエンタメなんだと感じた瞬間だった。

1泊3日のラスベガス。

あまり寝ることも出来ないまま、日本に帰ってきた。

到着したのは月曜日だった。

飛行機が成田に着いた時に、目の前のモニターに最新ニュースが流れた。

ある男がプライベートで日本に訪れたというニュースだった。

その男とは。

黒林さんがマドンナ以上に番組に出したいと思っていた男。

キング・オブ・ポップ、マイケル・ジャクソンだった。

そのニュースを見て、僕は飛行機で隣の席に座っていた黒林さんの膝を叩いて言った。

「もしかしてチャンスなんじゃないんですか？」

そう口にしたものの、マドンナにお礼を言いに行って戻ってきた男が、この3日後、マイケル・ジャクソンを彼ら5人に会わすことに成功するなんて僕は思ってもなかった。


その月曜日。黒林さんが、マイケル・ジャクソンのプライベート旅行を仕切っているという噂の人物を探り出し、連絡を入れたが音沙汰がない。

マイケルは東京ディズニーランドに行ったり家電製品を買いに行く予定で、仕事で来たわけではなかった。

火曜日になると、ようやく連絡が来た。間に入る人物が、ホテルの名前を告げた。

「椿山荘《ちんざんそう》に行ってくれ」

そこに行けば、エージェント的な人物、リチャードに会えると言われたのだ。

黒林さんと春田は急いで椿山荘に向かうが、リチャードという人物と会うことは出来ない。

番組の収録は、水曜日と木曜日に行っていた。

場所は、世田谷にある老舗《しにせ》の収録スタジオ。

木曜日は、新曲の収録だけが予定されていた。いつもは料理やコントなどが入っていて、１日フルで使うのだが、この日は新曲収録だけ。

昼に始めれば、夕方過ぎには２本分収録できる。

ここを狙った。奇跡的にマイケルが出てくれるとなれば、木曜日のスケジュールは緩いので、入れることが出来る。

ただ、なにより、マイケルは日本の歌番組はもちろんのこと、バラエティーに出たことがない。

マイケルの出演がＯＫになったら、間違いなく、日本のテレビ史上に残る奇跡を起こすことになるのだ。

何が何でも粘りたいが、可能性はとてつもなく低い。

黒林さんから電話があった。

「マイケル・ジャクソン、狙います」

絶対無理と言いたいところだが、１％に賭けないと奇跡は起きない。

奇跡が起きる瞬間はこれまで何度か見た。だが、マイケルの出演はそれまでのものとは違う。

黒林さんと春田は椿山荘に行き、リチャードからの連絡を待ったが、連絡はなかった。

水曜日、世田谷のスタジオでは5人が、料理のコーナーを収録する。

タクヤが前室で言っていた。

「今、マイケル来てるんだよね。日本に」

この計画は完全に秘密裏に動いていた。可能性は限りなく低いが、もし出てくれることになったらメンバーへのサプライズにしたいと思ったからだ。

黒林さんと春田は収録には行かず、椿山荘に向かった。

だが、昼を過ぎ、夕方を過ぎても、連絡は来ない。

ただ、待ち続ける。奇跡を起こすために、ストーカー並みの粘り強さを見せる。

そして、木曜日になった。

この日に来てくれなければ可能性はない。

昼になり、1本目の歌収録が始まる。

すると、黒林さんのところに連絡があった。

リチャードからだ。

「マイケルに出演する気がある」

可能性が1%から一気に上がる。

ただ、外国人タレントは本当に最後の最後まで油断出来ない。

97年に、番組全部をロサンゼルスで撮影することになった。

かなりの予算をかけての撮影だった。

ラスベガスの一角を借りきって、バスケットボールのスター選手マジック・ジョンソンとのゲームを収録する予定だった。

だが、収録直前に、マジック・ジョンソン出演はキャンセルとなった。

歌コーナーにはスティービー・ワンダーが出演すると言われていた。だが、最終的なOKが出ず、メンバー5人全員をロスに連れて行ってるのにもかかわらず、予定の半分ほどしか撮影できずに帰ってきたことがあった。

だから最後の最後まで気は抜けない。スタジオに来て初めて信用出来る。

1本目の歌収録をしている時に、黒林さんと春田は椿山荘の部屋で、リチャードと交渉に入ることになった。

一番のポイントはギャランティーだ。

日本の俳優・女優さんで、バラエティーコーナーに出演するギャラが100万円を超える人は滅多にいない。

どうしても出てほしいゲストだけに、100万円以上のギャラをOKすることがあった。

マイケルのギャラは未知数だった。

部屋の中で黒林さん、春田とリチャード、3人だけのギャラ交渉が始まった。

スタジオでは5人による新曲の撮影が進んでいく。

まずは日本円で100万円のギャラを提示する。

「ちょっとだけ待ってくれ」

リチャードは提示されたギャラを部屋にいるマイケルに確認することになっていたのだ。

ちょっと待ってとは言っても、1回部屋を出て確認するだけで、10分はかかる。

リチャードは、確認して帰ってくると、首を横に振る。

そこから黒林さんは、さらにギャラを上げる。

「300万」

1回の収録で300万円を取る人なんて滅多にいない。

海外のタレントが映画や音楽のプロモーションで出演する時は、実は、映画会社やレコード会社がギャランティーをまとめて払っているので、番組が1円も支払わない時もある。

だが、マイケルはプライベートだ。

リチャードが帰ってくる。

「NO」

首を横に振る。

ついに提示額は500万円台に突入した。

リチャードが戻ってくるが。

「ＮＯ」

そして７００万円。

黒林さんたちは、とにかく「１０００万円」に入るまでに決着をつけたかった。

さすがに１０００万円を超えたら、支払えない。

リチャードが帰ってきた。

「ＮＯ」

ここまでくると、８００万でも９００万でもＮＯになることは分かっていた。

黒林さんは、部屋を出て、局の上層部に電話した。

「もしかしたらマイケル・ジャクソンが番組に出るかもしれないんです。日本のテレビ番組に初めて出演するかもしれないんです。特別予算を出してもらえませんか？」

すると、上層部は黒林さんに返した。

「本当にそこまでお金をかけても出したいんだな⁇」

「うちのテレビ局にマイケル・ジャクソンの映像が一生残るんですよ。出したいです」

黒林さんの熱意に、上層部はＯＫを出した。

「マイケル、取ってこい‼」

黒林さんと春田は席に着き、提示する。

「1000万円」


この頃、世田谷のスタジオでは、5人の歌収録の1本目を終えていた。

休憩を挟んで、2本目の収録に入る。

3時間もあれば撮影出来てしまう。

メンバーが帰ってしまう。

なんとしてでも、この1000万円でOKさせるしかなかった。

リチャードが部屋に帰ってきた。

黒林さんと春田は心の中で手を合わせて願う。

「頼む」

リチャードは。

答えた。

「NO」

1000万でOKしなかった。

これが限界。

だけど、黒林さんは諦めなかった。

「1500万」

その金額にリチャードの右眉がピクリと動く。

春田はそれを見て「これで行けた」と思った。

リチャードが帰ってきた。

返事を伝える。

「ＮＯ」

この時、春田は思った。これは結局いくらになってもＯＫにならないんじゃないかと。

黒林さんはもう最後と思って伝えた。

「２０００万」

これでダメだったら諦めようと決めた。

リチャードが部屋を出ていく。

この時。交渉が長時間になったため、春田はトイレに行くタイミングを失っていた。膀胱が膨れ上がり、限界だった。

「すぐトイレ行って戻ってきます」

黒林さんに伝えると、トイレに向かった。

走って行くと、トイレの手前のソファーに、ある人が座っているのが見えた。

リチャードだった。

マイケルの部屋に行っているはずのリチャードが１人でタバコを吸っていたのだ。

リチャードは、春田と目が合ってしまった。

「あ……」

春田が部屋に戻ってくると、早めにリチャードが帰ってきた。

黒林さんを見て言った。

「ＯＫ」


決まった。粘りに粘って、２０００万円で、日本のテレビ番組にマイケル・ジャクソンが出演することが決まった。

契約の内容は、２つのコーナーに出ること。

１つは、サプライズで５人の前に出ていき1時間のトークをする。

もう１つは、彼らとビリヤードの対決をする。

リチャードはその企画内容にもＯＫを出した。


春田は急いでスタジオに帰り、スタッフに伝えた。

「マイケル・ジャクソンの出演がＯＫになった」

僕はその一報を聞き、アドレナリンが出たのが分かった。

日本のバラエティーに初めてマイケル・ジャクソンが出る。

リーダーが、タクヤが、ゴロウチャンが、ツヨシが、シンゴが、唯一全員で「子供の頃から大好きだった」と言い切れる世界のスーパースターが来る。

マイケルがスタジオに登場したら、5人はどんな顔を見せてくれるのだろう？

しかし事件が起きる。

マイケルの出発が予定より遅れたのだ。

世田谷のスタジオでの収録は、本来ならもう終わる時間だった。だが、マイケルを待たなければいけない。

5人には言わずに。

当日の段取りをゆっくりするのにも限界があった。

マイケルと一緒に移動することになった黒林さんが電話で指示を出した。

「LEDが故障したことにしよう」

セットに使っていたLEDの故障による一時的な撮影ストップであることを5人に伝えると、リーダーもタクヤもゴロウチャンもツヨシもシンゴも一瞬険しい顔をした。

新曲を撮影する時に普段こんなことはないからだ。

だが、受け入れて待つことにした。

15分ほどの中断だろうと思ったからだ。

黒林さんから、マイケルが椿山荘を出発したという報告がなかなか来ない。

ＯＫはしたものの、ロスでマジック・ジョンソンのキャンセル連絡が来たのは収録開始時間を過ぎてからだった。

しかも相手はマイケル・ジャクソン。

ギリギリでやはり「ＮＯ」というのも全然ありえた。

スタジオでは撮影を中断してから2時間が過ぎていた。

いつもならありえない待ちに、メンバーの表情が変わり始める。

リーダーとタクヤの年上２人組は責任感もあって、春田に状況を聞く。

「これ、なんなの？」

「普段、こんなことないよね？」


ようやく黒林さんから、マイケルが椿山荘を出発したと連絡が来た。

早くて30分。

とにかく、このままメンバー５人には嘘をついたまま待ってもらうしかなかった。

10分、20分、30分と経つが、マイケルは到着しない。

スタジオではさすがのゴロウチャンも眉間に皺が寄る。

「まだかかるのかな？　おかしくない？」

ツヨシも表情には出していないが。

「なんか変だね」

メンバーが我慢の限界に来ていることを察したシンゴは、笑い出しながら。

「なんかあったの？　ＬＥＤ、そんなに時間かかりますか？」

黒林さんから連絡が入った。

「マイケルが世田谷通りに入ったぞ‼」

マイケルが来る。

春田と僕と行けるスタッフは全員急いで、スタジオの入り口に立った。

するとエレベーターの扉が開いた。

やってきた。

黒いパンツに白いＴシャツ。サングラスをした。

紛れもないマイケル・ジャクソンだった。

ものまねの人でもバレないんじゃないの？　と言う人もいるかもしれないが、明らかに漂うオーラと射す光がマイケル・ジャクソンその人だった。

黒林さんが本当にマイケル・ジャクソンを連れてきたのだ。

春田がさっとマイケルの横に行き、趣旨を説明した。

「今日は、よろしくお願いします」

マイケルがうなずく。

「まずは5人の前にサプライズで出て行き、トークをしてください」

マイケルがまたうなずく。

「あと、ビリヤードもお願いします」


すると、マイケルの足が止まった。

「僕、ビリヤード出来ないよ」

まさかの答えだった。リチャードを通して約束していたはずだったのに、マイケルに話は通っていなかったのだ。

春田はとにかく出てもらうことを優先した。

「分かりました。トークだけでお願いします」

仮にトークのみになったとしてもギャラは変わらないだろうとは思った。

だけど、目的は日本で初めてバラエティーにマイケル・ジャクソンを出演させること。

そして、リーダーに、タクヤにゴロウチャンにツヨシにシンゴに会わせること。

マイケルが再び歩き出してスタジオに向かった。

事前に楽屋に用意してほしいと言われた物が1つあった。それはケンタッキーのチキン。

マイケルがスタジオに向かい楽屋の前を通り過ぎようとした時だった。

リチャードがマイケルに言った。

「チキンあるよ」

マイケルの足が止まり、楽屋に入ってチキンを食べ出してしまったのだ。

限界。

スタジオの5人は限界に来ていた。

LEDの故障というだけで長時間待たされる。

こんなことはない。

収録後に予定を入れていたメンバーもいた。

タクヤは時間に厳しかった。だからこそ、自分も予定時間より早く着く。

僕を見つけると、言った。

「これおかしくない？　なんなの？」

かなりピリついているのが分かった。

もうこのまま何も言わないで待たせておくのは無理だと思った。

「今、ある人が来るから。とにかく待ってて」

「ある人って誰だよ」

「とにかく、会ったらそのイライラが全部吹き飛ぶから」

「そんなやついねえだろ」

まさかマイケルが来るとは思ってない。まったく納得してないが待ってもらった。
マイケルがチキンを食べること15分。
ようやくLEDが直ったということで収録が再開した。
マイケルは楽屋を出て、スタジオの副調整室に入った。
マイケルが5人の歌とダンスを見ている。
そしてディレクターの卓に座り、指でリズムを取っている。
いよいよその時が来た。
再び音を止める。
スタッフが謝る。
「すいません」
また故障。
スタッフのミス。
謝るスタッフ。
シンゴは思わず倒れ込む。
リーダーはスタッフに厳しい顔で言う。
「なに？　誰のミス？　なに？　誰？」
緊張感が一気にレベルマックスまで行く。

その時。

ディレクターが言った。

「あの方です」

スタジオの2階の扉が照明で照らされると、あの音が鳴り始める。「ビートイット」。

そこに出てきたのは。マイケル・ジャクソンだった。

リーダーもタクヤもゴロウチャンもツヨシもシンゴも、ただ口を開ける。

唖然とする。

そんなわけないだろと見つめる。

スーパースターを。

マイケル・ジャクソンだと認識すると、5人が叫ぶ。

「うわーーーーーー」

タクヤは叫ぶ。

「さぶいぼ」

そしてリーダーが何度も確認する。

「マイケル・ジャクソン？　マイケル・ジャクソン？」

するとマイケルは言う。

「YES」

世界的スーパースターの前で国民的スター5人が。

ただ嬉しそうに、はしゃいでいる。

5人のその姿を見て、黒林さんは、とにかくホッとした顔をしていた。

黒林さんにとってマイケル・ジャクソンが来たことは最高に嬉しい。だけど、一番嬉しかったのは、今まで10年以上やってきた彼らがマイケルの前で見せた、少年の時に戻った顔を撮影出来たことだった。

黒林さんの粘りと根性、テレビ局の勇気ある決断により、マイケル・ジャクソンの日本でのバラエティー出演という奇跡が叶った。

このマイケル・ジャクソン出演は、ビッグニュースとなって日本中を駆け巡った。

番組は高視聴率を記録した。

番組開始から10年が過ぎて、黒林さんと春田を中心にした若いチームで一丸となって、あらためて、彼ら5人の番組が日本一であることを見せつけた。

マイケルはスタジオを出て行く時に、LEDのセットをじっと見つめて褒めてくれた。

そして帰り際に言った。

「How much?」

世界的スーパースターは最後まで伝説を作り、帰って行った。

第6章

とってもとっても僕のBEST FRIEND

時代は変わる。永遠はないことを歴史が証明している。

彼ら5人は依然、国民的アイドルであり国民的スターであることには違いなかったが、彼らの後輩の5人組のグループも着実に人気をつけて、日本に嵐を巻き起こしていた。

日本は東日本大震災から2年が過ぎ、時代は「和」を求めていた。求められていたのは「安心」だった。

嵐を呼ぶ5人は、まさに時代に合っていた。その5人には常に「わちゃ」があった。

そして彼ら5人。

リーダー、タクヤ、ゴロウチャン、ツヨシ、シンゴはさらにソロの仕事も増えていた。国民的スターであることに間違いなかった。

メンバー自身がたまに自分たち5人をウルトラマンに例えることがあった。日頃は1人で戦っているけど時折集結するウルトラ兄弟のようだと。

彼ら5人が揃った時にあるのは「緊張感」だった。それはメンバーのほとんどが40代に入ることもあった。

彼ら5人が揃っている姿を毎週見ることが出来るのは、月曜22時の番組だけだった。かたや嵐を呼ぶ5人は、彼ら5人とは逆だった。常に友達のように仲良く、そこに緊張感はない。レギュラー番組も5人で一緒にやるものを増やした。その5人の「わちゃ」感は国民に愛されていった。

彼ら5人も国民的スターであることに間違いなかったが、若い世代を中心に人気が出ていった嵐を呼ぶ5人も、世代を広げて国民的人気アイドルと呼ばれていた。

それぞれがソロでも圧倒的な存在感を示す緊張感のある国民的人気グループと、その「わちゃ」が愛される新たな国民的人気グループ。

彼ら5人がその後輩をどう思っていたかは分からないが、当然、かなり意識していただろう。

僕やスタッフは猛烈に意識していた。だからこそ常に彼ら5人がおもしろく新しく見えるための番組作りをしていた。

だが、僕たちはその後輩たち以上にもう一つ強烈に意識しなければならないものがあった。

裏番組だ。

月曜22時の同時間帯。汐留の局のその番組は7人の腕利きの芸人たちがしゃべりまくるもの。2008年にスタートしてから、徐々に話題を呼び、人気になり始めて、かなりのヒット番組に成長していた。

その7人の番組の視聴率はどんどん上がっていき、僕たちが作る5人の番組と熾烈《しれつ》な争いを繰り広げていた。

7人の番組の方が勢いがあるように見えた。若者世代はそっちを見ている空気感があった。

以前こっちの番組にゲストで出演していた俳優がその番組に出ると、悔しい思いがした。キラキラして見えたからだ。

視聴率を下げないため、古く見えないため、僕たちは必死だった。マイケル・ジャクソン以降、ハリウッドの俳優・女優や海外アーティストのキャスティングにさらに力を入れた。

強いゲストを入れて視聴率を落とさないようにする。ゲストに頼り、ゲストに依存する作りになっていった。

彼ら5人のファンは、ゲストではなく、5人のトークや5人がおもしろく見えることを望んでいる。そのことは分かっていたが、僕は「ファンに愛されることはもちろんだけど、彼らに興味のない人ももっと振り向かせないと、視聴率が上がっていかない」と思いこんでいた。

リーダーは、よく黒林さんに言っていた。「ゲストはもちろんありがたいんだけど、この番組は俺たち5人が毎週ゲストなんだよ」と。

言っていることは分かってるつもりだったが、それでも「ゲストに頼らないと勝てないんだよ」と思っていた。現実は甘くないんだと。

２０１３年。彼らがグループを結成してから25年が経った年だった。

ある時、楽屋でリーダーが黒林さんに言った。

「5人だけで旅をする企画がしたいんだよな」

本当に5人だけで旅をするような企画をスペシャルでやりたいと。

それを今の番組でやったらとてもおもしろいと思うと。

「世の中は俺ら5人が仲が悪いと思ってるんだよな。だからやりたいんだよ」

嵐を呼ぶ5人と違って、カメラの前でわちゃわちゃするわけでもない。だから5人は仲が悪いと思われている。

だからこそ、リーダーはそれを「利用したい」と思ったのだろう。

だからこそ今、５人だけの「旅」を見せるべきだと思ったのだろう。

マネージャーはもちろん、スタッフすらいないように見える、５人だけの旅。

会議で黒林さんがリーダーの意見をみんなに伝えた。だけど僕を含めてスタッフは、黒林さんが言ったリーダーの提案に「すぐにやりましょう」とはならなかった。

強いゲストを入れなければ勝てないと思いこんでいた。今、5人だけで旅をやったとしても、それは求められてないんじゃないか。

嵐を呼ぶ5人の人気はさらに上がっていき、裏番組の勢いが増していく中で、5人だけの旅をやったとしても、「視聴率は取れないんじゃないか」。そう僕は思っていた。

その日のあと、5人旅が議題に上がることはなくなった。

会議では「どんなおもしろいことをしようか?」ではなく「どのゲストを呼ぼうか?」ばかりに頭が行っていた。

リーダーが、タクヤがゴロウチャンが、ツヨシがシンゴがどうやったらおもしろく見えるか、輝いて見えるかではなく、どのゲストを呼んだら視聴率が取れるかばかり考えて焦る。

どんなに豪華な人がうちの番組に出ていたとしても、裏番組に出る人のほうが輝いているように見える。

完全に、ゲストに麻痺していた。

春の2時間スペシャルの中身を考えている時だった。またいつものようにスペシャルにふさわしいゲスト企画を考えていると、演出の野口が言った。

「前にリーダーが言っていた、5人の旅やりませんか?」

野口なりに信念を持って言った言葉なのが分かった。

「ゲストじゃなくて、５人を信じて作りませんか？」

野口がそこまで自分の思いを伝えることは珍しかった。演出として、自分で考えてそこに至ったのだろう。

野口は思いを話し始めた。

人気の毒舌女性占い師が料理コーナーに来た時に、自身のキャラクターもあると思うが、メンバーの料理を食べて「おいしくない」と言ったことがあった。その時、リーダーはカメラが回っている前でそのことに怒った。普段だったら絶対に怒らない。自分のことではなく他のメンバーが作った料理を食べて「おいしくない」と否定された時にわざと怒った。リーダーはやっぱり誰よりもメンバーのことを考えている人。そのリーダーがわざわざこの企画を「やりたい」と言ったのは、今、色々な状況で焦っている中で「５人で勝ちたい」と思ったからなのだろう、と。リーダーの、５人と番組を愛しているからこその、今やらなきゃいけない勝負なんだろう、と。

「それに応えなきゃいけないいんじゃないかと思うんです。信じなきゃ」

野口の口から出た「信じる」という言葉が刺さった。僕は「信じる」ところにさえたどり着けてなかった。

彼ら５人が主役の番組であるのに、信じる作りをしていなかった。

野口の言葉は、ゲストに麻痺していた僕の脳を解放して、呪いを解いてくれた気がした。

「やってみよう」

ゲストではなく、彼ら5人がゲストに見える旅企画をやることになった。

彼らを信じて。

リーダーの提案からしばらく経っていたので、野口は、5人には言わずに、この企画をいきなり始動させたいと考えた。ただ、収録日に突然「今から5人で旅に行きましょう」と言うのは無理がある。

事前の準備を考えると、5人旅の企画をやることだけは前もって伝えたい。だから野口は考えた。

ある日の料理コーナーの終わりで、いきなりナレーターから5人に告げた。

「グループ結成25周年おめでとうございます。それを記念して、5人にプレゼントがあります」

普段は絶対そんなことをしない番組。

シンゴは驚き。

「ちょっと止めてー」

と言い出すが、観覧席にいるファンは期待する。

そこでいよいよ告げられる。

「5人だけで旅をしてもらいます」

ファンは「まさにそれを待ってたんです」とばかりに絶叫する。

スタジオで発表すれば料理コーナーを見ている観覧客のファンが喜ぶし、NOは言えないはずだ。

野口のこの目論見は見事に当たった。

そしてリーダーは忘れた頃に告げられた企画に、きっと思ったはずだ。「きたか」と。

「日帰りですか？　泊まりですか？」

と確認すると、泊まりであることが告げられてまた5人は驚く。

「マジか⁉」

タクヤは吠えてる。ゴロウチャン、ツヨシもまだ理解が出来ていない。

そんな中でシンゴも驚いていたが、ニヤリとしていた。

シンゴはメンバーの中で一番年下でいながら、ずっと客観的にグループを見てきた人だ。

こんな大胆なことをスタッフの意見だけで言うはずがない。あるとしたら、絶対に「リーダーが言い出したはずだ」と思ったのだろう。なにより、番組の状況も理解している。だからこそ、5人で旅することに「えー⁉」とリアクションしながらも、成立する方に話を進めていく。

裏ですべてを理解し、進めていってくれるのがシンゴだった。

そのスタジオで、マネージャーもスタッフもいない旅なんだということを説明する。

結成して25年。番組が始まってから17年。

ファンの期待値もマックスに上がる。僕たちスタッフの、そしてなにより「そんなことすんの？」と文句を言ってる風だった５人のメンバーの期待値も上がっている気がした。


メンバーにいきなり５人旅の告知をしたこの日の収録終わり、演出の野口やプロデューサーの黒林さんや春田に「なんでこんなことするの？」と言ってきたメンバーが一人もいないことが「ＯＫ」の証拠だった。

リーダーが野口に「いよいよやるんだな」と言うこともなかった。確かに最初に言い出したのはリーダーではあったが、それを聞いてすぐに実行したわけではなく、あくまでも野口の思いで決行することだ。

阿吽《あうん》の呼吸。

リーダーはそれを理解していたのだろう。

「あとは任せた」と。


スタッフが一丸となり、「５人を信じる」企画が始まった。

旅の出発地は大阪に決めた。

大阪をスタートにして、彼らが自由に行き先を決めて旅をする「ように見せる」企画だった。

彼ら５人がＵＳＪのアトラクションの音楽を担当した頃だったので、大阪出発にすれば彼らはまずＵＳＪに行くことを考えるはずだ。５人がそこで遊ぶ姿も見たかった。

ＵＳＪで遊ぶ姿が撮影出来ることは番組にとっても大きな保険となる。

ただ、野口の大事にしたポイントは、街中の人にとっても今回の旅がゲリラ撮影に見えることだったとはいえ、まったく何も決めておかないとさすがに彼ら５人に危険が伴う。

野口たちは大阪周辺のロケハンを入念に行った。

この旅で１つ問題になることがあった。それは多数のスポンサー。

彼ら５人は、５人全員でもそれぞれでも、かなりの数のＣＭに出演していた。だから旅の途中で必ずスポンサーのことを気にするはずだと。

それも見越してロケハンを行った。

野口は、事前に、ゴロウチャンとツヨシとだけ打ち合わせを行った。いつロケを決行するかは教えずに。ツヨシには「ご飯」を、ゴロウチャンには「宿泊」を背負ってもらうために。

５人は店に入る時に、必ず自分たちがＣＭをやっている企業のことを意識するはずだ。リーダーはカップ麺のＣＭに出ているから麺類は気にするはず。タクヤはカレーのＣＭ。シンゴはピザ。他にもある。それらの店には入ろうとしないはずだ。だから、そういう店を外して、大阪に来たら食べたくなる大阪っぽいものを探した。その中でロケがしやすそうなお店をいくつか見つけた。そのうちの1軒が、あるお好み焼き屋さんだった。

野口はツヨシに聞いた。

「大阪に行ったら、何食べたいですか？」

すると答えた。

「お好み焼きかな」

やっぱりなと思った野口はツヨシに言った。

「じゃあ、ご飯の話になったら、お好み焼きを提案してくださいね」

次は宿泊先。

どうせ5人で旅行に行くならば、ホテルよりも温泉があるところがいい。

5人だけで温泉に入ってる映像なんか最高だ。

野口はゴロウチャンと打ち合わせした時に聞いた。

「5人で旅行に行くときに、どこに泊まりますか？　国内旅行と言えばどこに泊まりたいですかね？」

ゴロウチャンの答えは、

「温泉でしょ」

野口はゴロウチャンに言った。

「泊まるところの話になったら必ず、温泉って言ってくださいね」

その2点と、「大阪に着いたらまず最初に旅行雑誌を買ってください」ということだけメンバーにお願いして、当日を迎えた。


史上初の5人だけの旅が大阪で始まる。

タクヤとゴロウチャン、ツヨシとシンゴは当日、フジテレビに来た。「歌の収録」だと思い込んでやってきたのだ。

そんな4人に、野口が伝えた。

「今から5人で旅に行きます。大阪です」

歌収録のつもりで来たのに、まさかの泊まりの旅収録がいきなりやってきた。

野口が「プレゼント」であることを強調すると、

「プレゼントって言ってるけど迷惑だから」

そう言って笑うタクヤ。

「泊まりじゃないよね？」

おどけるゴロウチャン。

「今から行くの？　今までやったことないんで」

不安な中にも期待しているツヨシ。

シンゴは言った。

「この番組っぽくないいな〜」

わざとそう言うことで、普段絶対やらないことなのだという価値を持たせる。

リーダーは野球のＷＢＣの仕事で福岡に泊まっていた。そこから東京に戻ってくる。

福岡でスタッフがリーダーを捕まえて、このあと5人旅を決行することを伝えると。

「理解に苦しむ」

そう言った後に。

「いい度胸してるね」

これはスタッフを褒めている言葉である。

と呟きながら、大阪に向かった。

「こんなにガチか」

そのリーダーの一言で、この企画の重みが増す。


リーダーは一足先に伊丹空港に降り立ち、レンタカー店で待っていると、そこにタクヤとゴロウチャン、ツヨシにシンゴが合流した。

マネージャーはもちろん、スタッフも遠目から隠れての撮影だ。

５人だけで会話をして進めていかなければならない。

まずレンタカーを借りた。

リーダーが運転し、タクヤが助手席に乗る。

ゴロウチャンとツヨシとシンゴが後部座席に乗る。こんな映像、撮影したことないし、彼ら自身も経験したことがない。

リーダーとタクヤは同じ年。１台の車で運転席と助手席に乗ったのなんて初めてのはず。

後部座席の３人が、そんな光景にニヤニヤしているのが分かる。

車が出発した。

たどたどしい会話が始まる。ここで誰かがテレビっぽい会話を始めたらおもしろくない。

このたどたどしさこそが、リアルで、視聴者の興味のあるところだと理解している。

リーダーがワイパーを動かすと、タクヤがそれにツッコむ。何気ない会話だが、普段、この２人が会話しているところすらあまり放送に映ることはない。

シンゴはこの５人旅が始まる時に言った。

「50％は楽しそう。50％は面倒くさそう」

それが本音。だからおもしろくなるのだ。

「なんか飲み物買おうよ」

タクヤの一言で、まず、コンビニに向かうことになった。

彼ら5人はセブン－イレブンのCMをやっていたので、必ず最寄りのセブン－イレブンに向かうだろうということは、野口は分かっていた。

野口の思惑にハマっていく。

絶対に寄るであろうセブン－イレブンに、ある仕掛けをしてあった。これこそがこの「5人旅」の全てだった。

まず最初に旅雑誌を買ってくださいとお願いをしていたから、このコンビニで旅雑誌を買うことになるはずだと野口は思っていた。

実はこのコンビニと裏で協力していた。もちろん彼ら5人が来ることなんて伝えてない。番組名も伝えてない。

テレビ局の名前だけ伝えて、協力してもらったこと。

それが旅雑誌だった。

コンビニの棚に置いてあった人気の旅雑誌全てを買い占め、そこに事前に仕掛けをして、再び棚に戻したのだ。

メンバーは誰も知らない。

まずはタクヤが1人で降りてコンビニに入っていくと、店員がざわざわした。「あれ？もしかして？」とざわつく。

あとからゴロウちゃんも入っていくと、さらにざわつく。

仕掛けておいた旅雑誌を買って車に戻る。

車が再び出発して、「どこに行く？」という話になり、雑誌を開くとやはり出たのが「ＵＳＪ」。５人満場一致でＵＳＪに行くことが決まり、さすがに事前に電話しておこうという流れになった。その旅雑誌のＵＳＪのページには連絡先が載っていた。

ここに仕掛けがあった。

これはあくまでも彼ら５人が決めて行く旅だ。

本人たちにはそう思ってもらわなければならない。

かといって、いきなり５人でＵＳＪに行ったら、テレビの撮影も入っているわけで、安全上の問題から入場出来ない可能性もある。

野口は、ＵＳＪのトップにだけこのことを話しておいた。もしかしたら５人で行くかもしれないと。

実は、買い占めた全ての旅雑誌に載っているＵＳＪの連絡先を、広報に直でつながる番号に変えておいたのだ。

メンバーが電話するとＵＳＪの広報が出る。そして５人の名前を告げると慌てる広報。

「今からＵＳＪに行きたいんですけど」

そう伝えると、その場で電話を受けた広報が上の人に確認して、「ＯＫ」を出してくれた。

ただし条件として、２時間ほしいと。

その間にバリケードを用意すると。

5人が来るだろうということはトップの数人しか知らなかったため、突如5人がUSJに来ることとなり、2時間でバリケードを用意して配置する大騒ぎとなった。

この2時間の間に、ご飯を食べようということになった。

ツヨシがここで言った。

「お好み焼き食べよう」

メンバーは各自、「それなら自分たちもCMやってないな」と思ったのだろう。その意見に乗る。

ここにまた仕掛けがある。

彼ら5人がお好み焼き屋に行って、撮影はいっさいNGと言われても困る。そして入れなくても困る。

野口はこの店に事前に「テレビの撮影は可能か?」という確認と自分たちスタッフが食べに来るかもという予約を入れておいた。

もし彼らが行かなかったら店に迷惑をかけてしまうので、スタッフを行かせようと。

彼ら5人が乗る車のちょっと先にスタッフの車が走っていることを、リーダーだけは勝手に気づいていた。

気づくだろうと信じた。

リーダーはちょっと先を行く車の方向に走れば何かサインがあると思っていたのだろう。

そこも阿吽。

リーダーが車を走らせると、１軒の「お好み焼き屋」が目に入った。

「お好み焼き屋あった」

「あそこ行こう」

車を止めて、５人はお好み焼き屋に入った。

野口の狙った通りに動いてくれた。

あくまでも、自分たちで決めて自分たちで行動した結果のお好み焼き屋。

もちろんメンバーは、この店に野口たちが事前に行っていたことは知らない。

事前に「この店に行ってください。でも知らないフリしてくださいね」というのは簡単だ。三流スタッフだったらそうするだろう。

だけど、これは今まで見たことのない、見せたことのない5人を見せる旅だ。

だから、彼らが自分たちで行動したように見せなければならないし、彼らにそう思わせなければならない。

彼ら5人が入ってくると、店の男性店主と店員さんが慌ててざわつく。

お好み焼き3つと焼きそば。そしてリーダーが大好きな生姜焼き定食まで頼んだ。

彼らは５人だけでテーブルを囲み、グラスを合わせて、言った。

「かんぱーい」

すると乾杯したのにタクヤが思わず。

「乾杯じゃねえよ」

その状況のありえなさにツッコむ。

頼んだメニューが続々やってきた。５人で食べていく。

いつもはゲストに料理を作って出していくが、彼らが１つのテーブルを囲んでご飯を食べている姿を見せたことはほとんどなかった。

すべてを食べ終わって、ＵＳＪに向かおうとすると、たまたま彼ら５人の歌が使われているＵＳＪのＣＭがテレビで流れる。小さな奇跡。

店に居合わせた男性客に「今からＵＳＪ行くんです」と伝えると、男性が言った。

「たいしたことないけど」

爆笑する５人。そして、これがリアル。


彼らがＵＳＪに向かうと、短時間で園内にバリケードが張られたコースが作られていた。５人に気づいたファンが押し掛けてこないように。パニックになって人が寄ってくると倒れたりして事故になりかねない。

それを防ぐためのバリケード。

その中で彼らは楽しむ。

「ＵＳＪ来たんだから何かつけようぜ」

ツヨシがスパイダーマンの覆面を購入し、それをつけることになる。

リーダーは本当の５人を見せるだけでなく、やはりどこか薄くテレビを意識する。

自分じゃなく、メンバーの誰かがおもしろくなるように仕掛けていく。

彼らの音楽が使われている「バックドロップ」というジェットコースターに乗ることになったが、ゴロウチャンだけが頑《かたく》なに拒む。

そんなところもまたリアルでよい。

５人はＵＳＪを楽しんだ。

ＵＳＪを出ると、宿泊施設に向かった。

ＵＳＪに行く前に、宿泊する施設は有馬温泉の旅館と決めていた。

どこに泊まるかを決めるときに、ゴロウチャンが「温泉」と提案し、雑誌を開くと、ここにまた小さな仕掛け。

開いてほしいところを何度も開いて、開き癖を付けておいた。開くと魅力的な温泉宿が目に飛びこんでくるようになっていた。

ただあまりにアナログだから、ここに引っかかってくれるかは分からない。

だが、開くと、そこに出てくる「７００年の老舗」「豊臣秀吉の授けた名前」というワードにまんまと惹かれて、ゴロウチャンが電話をすることになった。

この温泉施設もロケハン済みで、ここに行けば、温泉はもちろん、食事やそのあとの娯楽施設の選択肢があることが分かっていた。その日、最後の1部屋だけ空いてることも確認してあった。

そのページで一番行きたくなる宿はここしかない。だが、絶対に選んでくれるとは限らない。

こういう時、すべてシンゴが気づいてくれる。

何も言わなくても、まずシンゴは、今回の旅でリーダーは何をしたいのか？　そして野口は何をしたいのかを、聞かずに考える。そして見事に正解を出していく。

お好み焼き屋に行っても、今の5人がこういうことをしていたらおもしろいんだろうなとさりげなく誘導する。

ＵＳＪでも。

そして旅行雑誌を開いても、

「野口さんはきっとここに行ってほしいんじゃないかな？」

察する能力が異常に長《た》けている。

メンバー5人の車での距離感が徐々に近づいてきているのが分かった。

車は旅館に到着した。

５人の姿を見て、温泉の人も大慌てになる。

まずは彼ら５人で貸し切りの露天風呂に入った。

ここの温泉なら貸し切りにできることも野口は知っていた。

メンバーが５人だけで温泉に入る姿を遠めで撮影する。

映像だけ見れば盗撮だ。

リーダーもタクヤもゴロウチャンもツヨシもシンゴもタオル１枚腰に巻いて裸になる。

他の旅番組のように事前にこっそりタオルの下に穿くパンツを用意したりしてない。本当に裸の付き合いだ。

裸を見せるのを特に嫌がるゴロウチャンも一緒に入る。

風呂の中で彼らは、88年に結成した時からのことを振り返ったりする。

たわいもない話だったが、彼ら５人が１つの温泉につかっていることが「事件」に見えていた。

風呂のあとは、浴衣に着替えて食事。旅館の自慢の料理に舌鼓《したつづみ》を打つ。

そこで、みんなが徐々にお酒を飲み始めた。

リーダーは焼酎を飲み、ペースが上がっていった。

いい感じになってきた。

食事のあとはゲームコーナーに行き、並んでレースゲームをした。

プリクラも5人で撮影した。

卓球もやった。5人だけで。

普段「緊張感」の5人が、彼らなりの「わちゃ」を見せ合った。だが、リーダーはおそらく自分の中で隠していた。この旅に行ったら、もっとも「わちゃ」になるであろう瞬間を。

この日の最後に、旅館の中のカラオケに行くことになった。スナックのような場所で、お姉さんが1人で回している。

メンバー5人がカウンターに並ぶ。

これまでは5人が来ると誰もが大慌てになったが、ここのお姉さんが5人にあまり興味がなかった。そこもまたリアルでおもしろいキセキ。

ここでみんなでお酒を飲んでカラオケを歌うことになる。

スタッフは、カラオケに行くとはいえ、自分たちの歌は歌わないだろうと思ったのだが、逆だった。

シンゴが最初にグループのメドレーを入れた。

すると、お酒のせいもあってか、彼らは自分たちの歌を歌いだした。

ゴロウチャンはこういう時、空気を作ってくれる。手拍子しながら、

「本物だー」

と、おもしろく盛り立てる。

リーダーは、5人だけで自分たちの歌を歌うカラオケが楽しくなり、お酒が進む。

彼はデビューした時からメンバーの中で一番自分たちの曲を聴きこんでいる。

リーダーはデンモクで、有名曲だけじゃなく、アルバムの隠れた名曲などをどんどん入れていき、メンバーに歌ってもらって楽しみ。

もちろん自分も歌う。

踊りだすメンバーも出てくる。

スタジオでは絶対に見ることの出来ない、歌う姿。

おそらくリーダーは、自分たちだけで自分たちの歌を歌っていくことで自分がどうなるか分かっていた。

自分が最初に「やりたい」と言い出したこの旅で、見せたことのない自分を見せようと思っていたのだろう。

さらにマニアックな曲を入れていく。メンバーも懐かしがって歌う。

みんなテレビを意識することなく、ただ、本当にカラオケ気分で歌っていく。

リーダーはとても嬉しそうな表情をする。

リーダーは何度も「泣きそう」と言っていた。

そしてだいぶ酒が回ってくると、自分で、ある曲を入れた。

それは、大切な友達に贈る彼らの曲。ベストなフレンドに向けた曲。

この曲のイントロがかかった瞬間、リーダーは、

「俺、死んじゃう」

そう言って冒頭だけ歌うとマイクを置いた。

この曲は彼らにとってとても大切な曲だった。

17年の番組の歴史の中で、この曲を歌ったのはたったの2回。

1回目は番組開始から2カ月でモリクンが抜ける回の最後にみんなで歌った。この時、リーダーは泣いた。泣いて歌った。

そしてもう1回は、2001年にゴロウチャンが道路交通法違反と公務執行妨害で逮捕されてしまい、そのあと不起訴にはなったが謹慎して芸能活動をしばらく休み、復活した時にみんなで歌った。

彼らの最大のピンチの時に、たった2回だけ番組で歌われた歌だった。

それ以来、番組でこの曲を歌うことはなかった。歌えなかった。

これは彼らにとっての宝箱。それを開けることはなかった。

なのに、ここで宝箱を開けた。

みんなで歌い始めると、リーダーは泣き出した。おしぼりで目を押さえながら。

あの時の収録のように涙を流し始める。

そんなリーダーの姿を見て、まずシンゴが大爆笑した。

タクヤもゴロウチャンもツヨシも爆笑する。

みんなが歌えば歌うほどリーダーは泣き。

４人は爆笑した。

結成25周年。デビューしたのがアイドル冬の時代と言われた頃。

ＣＤも売れずコンサートも客が入らず。それまでアイドルがやらなかったバラエティー番組の出演で自分たちをアピールするしかなかった。

体を張って、アイドルが通らない道を通り、新しいアイドル像を作り上げてきた。徐々に光が見え始めてやっとブレイクしたかと思った瞬間に、メンバーの１人が脱退した。

リーダーはきっとあの時、解散することも考えたはずだ。

そのあと５人で再び手を握り、世の中に青い稲妻を落とした。

今までのアイドルではありえない成功の道を作った。

ゴロウチャンが逮捕され、ピンチに陥ったが、その時もメンバー全員で乗り切った。

今までのアイドルの歴史にはなかったことが起きていったが、どんなピンチもチャンスに変えてきた。

そんな思い出がリーダーの頭の中に歌とともによぎっていったのだろう。

このリーダーの姿を見ている人も、きっと笑いながら、思い出すはずだ。

彼らのここまでの歴史を。

彼らがしてきたことの凄さを。

リーダーは、自分がこの歌で号泣するという恥ずかしい姿を思い切り見せることで、視聴者を笑わせながら、自分たち5人の絆の強さの理由に気づかせたかったのだろう。

どこかでそれを見せることをきっと狙っていた。

それがここだった。

放送では、ここに、ある映像がインサートで入った。モリクンが辞めてから17年間番組内で一度も放送されることのなかった、彼が辞めていく時のあの映像を。

そこには「世の中に自分たちへの興味がなくなった人がいたとしたら、絶対に振り向かせてやるんだ」というリーダーの強い覚悟が見えた。

5人旅をして、最後に彼らなりの、彼ら以外には絶対に出来ない「わちゃ」を魅せた。


1つの部屋で5人は布団を並べて寝た。

翌朝、ツヨシだけ昼の生放送があり、先に帰らなければいけないことになっていた。

前日、ツヨシが帰る時にはみんなで見送ろうという話になっていたが、ツヨシが起きても誰も目を覚ます者はいなかった。ツヨシはみんなを起こすために部屋の電気をつけた。

前日USJで買ったスパイダーマンのマスクをかぶり「スパイダー、スパイダー」と前日みんなが笑ったセリフを言うが、誰も起きない。

ツヨシは諦めて寝ているみんなに叫んだ。

「お前らベストフレンドじゃねえのかよ」

そう言って電気を消した。

これもまた、彼らなりの「わちゃ」だった。


放送当日。リーダーは朝の生放送に出て、番組の宣伝を行った。

リーダーが自らすすんでこんなことをするのは珍しかった。最初の最初が自分で言い出した手前、なんとしても見てほしいと思ったのだろう。

朝の放送が終わり、野口やスタッフと話している時にリーダーが言った。

「視聴率いくつ取ると思う？」

こんなことを聞くのも初めてだった。

5人がゲストなんだと信じてやった企画。

もしこの結果が良くなければさすがにグループにダメージがあると思ったのかもしれない。


神様は微笑んだ。

視聴率が久々に20％を超えて、「5人旅」の企画は大評判となった。

やっぱり5人が見たかったのだ。

リーダーは勝負に勝った。


そして彼ら5人を信じた野口は、この成功を本当に喜んだ。

この1回の成功が番組に新たな命を注ぐ。

朝、視聴率を聞いてホッとした野口が局内を歩いていると、別の番組に出演するシンゴを見かけた。

シンゴは野口を見ると、自分から寄ってきて、強い握手をした。

全てを理解して、5人旅を成功させてくれた男。

そして、これを言い出したのがリーダーであることも理解していたし、この成功でリーダーがどれだけ喜んでいたかも分かったからこそ。

シンゴは強く手を握り、微笑んだ。

彼ら5人には、表に見えない「わちゃ」があった。

第7章　くじけずにがんばりましょう

2011年3月11日。

その日僕は、お昼1時から半蔵門のスタジオでパーソナリティーを務めるラジオ番組の生放送をしていた。

有名な歴史作家がゲストで登場し「日本の歴史はその時々にトップに立つ者が都合よく塗り替えている」と熱く語っていた。「こんな国は一回、色々なものがなくなってフラットにならなきゃいけないんだよ」と言い出したところで、僕は「この人、変なスイッチが入りだしたな」と、トークを止めて、歴史作家のゲストコーナーを終わりにした。

時折、ゲストの人が想定外のことを話し出すのはよくあることだったが、この歴史作家の人が最後に言った言葉がなんだか胸の奥に引っかかっていた。

番組は2時台に入り、かねてから親交のあった俳優さんがゲストに来てくれて話した。1時台の歴史作家とのトークにずっと緊張感があったので、馴染みの俳優さんとは安心して話すことが出来た。

俳優さんが帰って、２時半を過ぎたのに、まだ、歴史作家が言った言葉が引っかかり、心がなんかざわざわしていた。

２時40分を過ぎて交通情報が終わり、曲をかけた。

曲が終わり、リスナーからもらったメッセージを紹介し始めた。その時だった。

２時46分。

スタジオがグラッと揺れた。揺れが続き「地震だ」と気づく。この日以前にも何度か放送中の地震は経験していた。毎回小さな揺れでおさまっていたので、どうせ今回もすぐにおさまると思い込み「あ、地震が来ましたよ」と落ち着いて言った。

だが、いつもならおさまるところでおさまらず、揺れはさらに激しくなり、パートナーの女性アナウンサーが「みなさん、落ち着いてください」と口調が強まるのと同時に、さらに揺れが激しくなった。揺れは自分の経験値をはるかに超えたことが分かった。

だけど、生放送中だ。

「結構揺れてます」

感じたことを短い言葉にするのが精一杯だった僕にアナウンサーが言った。

「オサムさん、我々も机の下に隠れましょう」

災害時の様々なパターンを想定してトレーニングを受けているはずのアナウンサーが「机に隠れましょう」と言った。そう言わなきゃいけないほどのことなんだとすぐに認識した瞬間、マイクで話すことをやめて机の下に隠れた。

隠れながら「皇居の目の前にあるビルだから大丈夫」と思うようにしたが、激しく揺れるとともに、ビルがきしむ音が聞こえる。

放送は突然、緊急放送に変わった。

この揺れはいつまで続くのだろう？　永遠に終わらないんじゃないか。

ただ願うしかなかった。

揺れが徐々に落ち着いてきた。

「大丈夫ですか？」

スタッフがスタジオに入ってきてくれた。

放送は緊急放送のままで「もしかしたらすぐに放送に戻るかもしれないので」と言われて、近くの控室で待っていることになった。

地震がどれだけのものだったのかは理解できてない。

控室からはスタジオの前にある報道部が見える。そこにはテレビモニターが何個も並んでいた。

今、起きた地震がとてつもなく巨大な地震であることが分かってきた。

テレビモニター全部が東北地方の沿岸の映像になる。

津波警報が発令された。

僕自身も千葉県南房総市の実家から歩いて3分のところに海があるが、津波の怖さを理解出来てなかった。

全てのモニターに津波が近づいている映像が映し出されている。

自分が人生で経験したことのないことが次々に起きてるのだけは分かった。

結局、ラジオ番組が元に戻ることはなく、報道特番に切り替わった。

「今日は帰っていいです」

そう言われてタクシーを呼ぼうとしたが、捕まらない。

道で捕まえるしかないかと、1人でTOKYO FMを出て、国道246号のほうに向かっていったが、タクシーを捕まえることは出来なかった。

246の自分が歩いている道と反対側の歩道にも、大量の人がぞろぞろ歩いていた。電車も動かずタクシーも捕まらない。みんな、帰宅困難となり、歩いて帰っているのだと気づく。

普段決して見ることのない光景。自分の目に映っているのは、アメリカのゾンビ映画で見たことのあるような、でもリアル。

携帯もまったく通じなくなった。

一体、どうなっているんだ？　こみあげてくる不安を抑えると、僕の後ろを歩いていた男性が声をあげた。

「え？　死亡者が1人確認されたってよ」

死者が出るほどの地震だったんだと思った。

さっき番組に出演した歴史作家の言葉が蘇ったが、まさかこの地震が2万2000人以上の死者・行方不明者を出す地震になるとは夢にも思ってない。


1時間ほど246を歩いていると、人はどんどん増えてきた。街を歩く人たちの会話で、地震の被害が徐々に大きくなっていることが分かってきた。

ズボンのポケットに入れていた携帯が揺れた。

携帯が通じ始めたのだ。まず、ショートメールだけが届いた。

とある番組のプロデューサーが自分の番組スタッフ全員に安否確認メールを送っていた。

テレビ局にいたら最新の情報は入るはずだ。そのプロデューサーが全員にこんなメールを送らなきゃいけないほど事態は深刻化しているのかと思う。

とにかく、まずは家に帰ろう。その日、夕方から会議があったが、交通手段のない中、会議なんか出来るはずがない。そう思った瞬間、六本木のテレビ局のADからショートメールが届いた。

――このあとの構成会議は3階A会議室です――

思わずカッとなり。

――外に出たか？　今、街の状況、分かってるか？　バラエティーの会議できるわけねえだろ――

そう送ってしまった。

ＡＤは上から言われたので仕方なく送ったのだろうが、自分の不安とイコールでないことにイラッとしてしまう。

不気味な不安が頭の中をどんどん過《よぎ》ってくる中、１時間半経ってようやく家に着いた。

妻は番組ロケで海外に行っていた。

誰もいない家の中を見ていると、棚に置いてあった物が地震でかなり落ちている。

テレビをつけて片付けると、いよいよ、この地震が、とてつもなくでかい地震であることが分かってきた。

津波が襲ってきた。

日本を飲み込んでいた。

この地震は、東日本大震災と名付けられ、原子力発電所が爆発し、日本中をどん底に突き落とす。

バラエティー番組もドラマも全部報道番組に差し替わっている。テレビに映し出される、津波が日本を飲み込んでいく映像。

かつて経験したことのない未曾有《みぞう》の大災害の被害にあっていることが分かる。

仕事で海外にいる妻から心配の電話が来た。外国のニュースで流れた日本の映像がとてもショッキングで、津波や火災の映像を見て、「日本が壊れていっちゃう」と思ったと泣きそうになっていた。

まさに日本が壊れていっているのだと自分でも思った。

でも「大丈夫だよ」と言うしかない。妻はこのまま日本に戻ってこない方がいいんじゃないかとさえ思ったが、その言葉は言えなかった。

妻との電話を終えると、春田から電話が来た。

いつまで報道番組のままなのか？　分からないと言う。月曜日の放送もどうなるか分からないと。

時間とともに増えていく被害者。想像をどんどん越えていく。

時間が経つに連れて被害状況の甚大さに打ちのめされていく。

そして……。

福島第一原発のニュースが入る。

地震だけではなかった。原子力発電所の事故。

映画以外でこんなニュースを聞くとは思わなかった。絶対ないって思っていた。

テレビに映し出されたそれは、爆発し煙を上げていた。

日本人が経験したことのない史上最悪の事故。

この事故が起きても、どういう事故なのか？　このあと、どうなるのか？　被害状況などは明らかにされず、ＳＮＳでは様々な噂が日本中を飛び回った。

それを見て、思った。

「逃げなきゃいけないんじゃないか」

土曜日、
日曜日、
月曜日、
テレビにバラエティーが戻ることはなく、繰り返し流れる津波の映像で嫌になる。

破壊された日本の様と尋常じゃなく増えていく被害者の数。

福島第一原発では事故が収まる様子がない。そして何が起きているのかが明かされない。

放射能が日本に放出されていくんじゃないかというかつて感じたことのない不安と恐怖。

もうバラエティーなんか二度と放送されなくなるんじゃないか？

それどころか、東京に、いや、日本に住めなくなるんじゃないか？

滅多に電話の来ない知人から電話が来た。

「オサムさん、東京にいますか？」

原発の爆発により、放射能に汚染されるという噂が一気に広まり、僕がどうしているのか知りたかったのだろう。

「東京から逃げますか？」

と聞かれたが、やっぱりそう考える人が増えているのだという現実を感じた。でも、「逃げないよ」と強がる自分がいた。

「本当に大丈夫ですかね？」

そう言われても、果たして噂なのか事実なのかは、誰にも分からない。

春田から電話が来た。この日の放送はなくなり、水曜日と木曜日の収録もなくなったという連絡だった。

こんな中、夜、舞台の稽古に行った。週末に上演される予定の舞台だった。

出演者も全員集まっている。主催の責任者に言われた。

「とりあえず本日の稽古はやらせてください」

やるしかないと台本を開いたが、スタッフがいつもより減っていることに気づく。

1人のスタッフは家族と共に福岡に避難すると言われた。

「オサムさんに申し訳ないと伝えてください。家族のためです」

それを聞いて、やはり今の日本はそれほどの事態なんだと痛感する。

主催者は週末に上演をしたいと言うので、とりあえず稽古を行った。

だが揺れた。かなり強い余震だった。

揺れる度に稽古を止めて、扉を開ける。
出演者も不安な顔色を隠せなくなった。
主催者が稽古の途中に割って入ってきて言った。
「様々な状況を踏まえて、上演を中止にいたします」
もう無理だ。
日本にエンターテインメントは戻ってこない……。

妻が日本に帰ってきた。
「もうバラエティーは出来ないかもしれない。テレビどころじゃないかもしれない」
妻に言った。
つまりそれは妻の仕事も僕の仕事も成立しないということだ。
本当にそう思った。
日本のテレビを見て被害を知った妻が、僕の言葉を否定することはなかった。
ＳＮＳで日本の芸能人・著名人が続々関西の方に逃げているという情報が目に付いた。
誰がどこにいるという目撃情報が入ってきていた。
大阪や福岡、沖縄。
テレビの収録もない。身の安全のため、東京を離れていると。

やっぱり少なくとも東京にはもう住めないのかもしれない。

ごまかしていた自分の気持ちにごまかしがきかなくなった。

テレビ番組の会議もすべてがなくなっていた。放送がないし収録もない。

自分もこのまま東京にいないほうがいいのかもしれない。

我慢出来なくなった。

ネットを開くと、飛行機も新幹線のチケットもだいぶ埋まっていたが、ギリギリ翌日の沖縄行きのチケットが2名分残っていた。

そのチケットを予約した。

罪悪感はあった。だけど、感じたことのない不安と恐怖で押し潰されそうになっていたから。

ずっと自分をごまかしていたからこそ、一気に吹き出した。

予約を完了したあとに、春田から電話があった。

電話に出ると春田は言った。

「来週の月曜日にイイジマサンが生放送をやりたいって言ってます。今晩、みんなで会えますか？」

生放送？

こんな状況で？

信じられなかった。

夜、会議室に集まった。僕と黒林さん、春田に野口、イイジマサン。

イイジマサンも大分疲れた顔をしていた。そこで言った。

「こんな時だからこそ来週の月曜日、生放送をやりたい」

SNSでは有名人がさらに東京を離れているという話が流れている。大阪のホテルに泊まっている人の名前などが僕にもイイジマサンの耳にも入ってきていた。

東京を離れて逃げることは悪いことじゃない。安全を考えどんな行動を取るかは自分次第なのだから。

だけどイイジマサンは「自分が住んでいるところを離れられない人が沢山いて、みんな不安になっている。だからこそ、来週の月曜日、生放送をしたいんだ」と思いを語った。

彼ら5人が東京から生放送をすれば、それだけで安心する人が沢山いるはずだと。

イイジマサンの覚悟は決まっていた。

自分たちがこの仕事をしている意味。

「私たちに出来ることはそれしかないと思う」

イイジマサンの思いを受けて、黒林さんが会社に働きかけた。

テレビではちょっとずつバラエティー番組は放送され始めていたが、常にL字の画面で震災の情報が入り続けている。何日も繰り返し流され続ける津波の映像で心を病んでしまった人もいたからこそ、バラエティーが流れることで安心する人もいる。

だが、バラエティーが放送されることをけしからんと否定する人も沢山いた。

そして、ゴールデン・プライム帯で生放送をしているバラエティー番組などなかった。

実行するには沢山のリスクがあった。

放送中にまた地震が来るかもしれない。

原発の新たなニュースが入るかもしれない。

生放送でメンバーがうかつなことを喋ったら、それで大きな批判を買う可能性が高い。

局側からしてもリスクも大きいし、諸手《もろて》をあげて「是非やりましょう」とはならなかっただろう。だが、イイジマサンの熱い思いを黒林さんたちが伝えて、生放送を行うことになった。

未曾有の大震災の10日後。

２０１１年３月21日の22時から。

そんなこと、他に誰もやろうとしない。

やりたくない。

だからやらなきゃいけない。

彼ら５人は。

翌日から連日会議を行うことになった。

でも、その日、僕は沖縄行きの飛行機のチケットを取っていた。妻の分と２名分。妻には飛行機を予約したことは言ってなかった。

取れたチケットの出発時刻はその日の夜。イイジマサンたちと会議をする時間だった。

ネットを開くと、原発の事故による放射能の噂がさらに恐怖を煽《あお》る。

これは噂じゃないんじゃないかと。

本当にそうなっていくんじゃないかと。

だから沖縄に行こうと思った。

イイジマサンや黒林さん、春田と野口には申し訳ないと思ったけど。

逃げようと思った。

東京から。

会議時間と飛行機の時間が近づいてくる。

もう決めなければいけない。

僕は妻に言った。

「実は沖縄行きのチケット、取ってあるんだ」

「そうなの？」

妻は驚く。

「沖縄に逃げようと思うんだけど、どう思う？」

「いいと思うよ」

賛成してくれた妻の言葉で楽になれた。でも。

「やるんでしょ？　生放送」

「うん」

「みんな、会議で待ってるよ。行かなかったら寂しいよ」

僕なんか逃げたってきっと番組は作れると思っている自分がいた。

でも、行かなかったらきっと寂しい。

ずっと一緒にやってきたからこそ。

妻の言葉で、ネットを開いて、飛行機をキャンセルした。

もうやるしかない。

今、自分に出来ることは番組を作ること。

会議に行った。みんな不安。みんな怖い。でも、こうやって集まっている。

みんなで話しあって、生放送の日のテーマを決めた。

「いま僕たちに何ができるだろう」

イイジマサンは、５人で話し合って、何が出来るのかを考えるところから始めたいと言った。

それでいい。

ただ話すだけになるかもしれないけど、それでいいのだと。

彼らに何が出来るのかを、報道番組のようではなくあくまでもバラエティーとして前向きに話すことで、それを見た人が考える番組にしたいのだと。生放送で。

普通のマネージャーだったら、嫌がるはずだ。

この状態でタレントが生放送に出て行き間違った発言をしたらタレント生命に大きな傷が付く。

喋っていいこととといけないことの境界線が決まってないからこそ、生放送で自分の言葉で喋ることにはリスクしかない。

だけどイイジマサンは言う。

「間違っていいんだよ」

間違ったらそこで謝ればいいし、間違いを恐れてたら何も話せない、何も出来ない。このままだとエンターテインメントが戻らない。

その覚悟があった。

会議をしているときにも、大きな余震が来た。

スタッフが叫び声をあげるほどの余震もあった。

余震が来る度にみんな「放送中、これ以上の地震が来たらどうしよう」と思うが、そこも含めて放送するしかないのだと決めた。

彼ら5人のそのままを見せる。

国民的スターと言われる彼らだって地震にあって不安になる。その中で生放送を行い、言葉を選ぶ。何が正解なのかが分からないまま話す。

だけど、それを見せて伝えることで、きっと世の中は安心する。

みんな不安なんだ。怖いんだ。

だからこそ、みんなで一緒に考える。

今、自分たちに何が出来るのか？

僕は会議に参加しながら、沖縄行きのチケットを取っていたこと、仕事を放棄しようとしたことへの罪悪感がずっと胸の奥にあった。そのことは言えなかったが、不安なのはきっと僕だけじゃないと思った。黒林さんだって春田だって野口だって家族がいる。子供もいる。みんな、きっと大きな不安を隠しながら、向き合っているはずだ。

でも。どこかに逃げて安心しているよりも、この状況の中で、こうやってエンターテインメントを作れていることの方がきっと幸せだと言える日を信じた。

この放送を見てくれた人が、不安と恐怖を少しでも期待と希望に変えることが出来るのかもしれないと思いながら会議を終えて家に帰った。

そして寝ている妻の顔を見て感謝した。

3月21日　生放送当日。

昼過ぎに、リーダーが、タクヤが、ゴロウチャンが、ツヨシが、シンゴがお台場のテレビ局にやってきた。

3月11日以降、みんなと会ったのは初めてだった。

いつものように軽く笑顔で挨拶をすることはない。みんなそれぞれが覚悟を持ってやってきたことが分かった。

まずは会議室にメンバーとスタッフ全員が集まり、今日の構成を話す。

全員一言ずつ話してから、1曲歌い、曲が終わったあとは、街頭でインタビューした映像と募集したファックスを読みながら話していくと。

そして最後に2曲歌う。

番組は、歌以外のコーナーは彼らのトークに頼る部分が多い構成だった。VTRをもっと延ばすことも出来たが、それよりも彼らが今の思いを話すことが大事だ。彼らのリスクは増えるが、そこを信じないといけなかった。

構成の説明をしたあとに報道部の人がやってきて、今の被害状況と、そして、言ってはいけないこと、言うべきではないことをレクチャーする。ネットでは噂が絶えない中で、テレビとして中途半端なことを言うと視聴者がより不安になる。そのレクチャーが果たして本当に正解なのか分からないが、局としてもその生放送をやることに大きなリスクがあるわけだ。だからレクチャーをすることが条件だった。

僕はそのレクチャーを聴いていて、「これを言われると、生放送で話せなくなるんじゃないか」と思った。

だけど、そこも踏まえて彼ら5人はやるしかないのだ。

どんな一流の芸人さんでもタレントさんでも、この生放送を行うことはリスクとの隣り合わせ。だけど、イイジマサンはやると決めた。彼ら5人もまた、やると決めたのだ。

生放送が始まる前に、タクヤが僕に言った。

「オサムは何を信じてる?」

色々な噂が流れる中、何を信じてどう行動してるのか? と聞きたかったのだろう。僕は答えることが出来なかった。

タクヤが去ったあとも考える。僕は何を信じてるか? 1つあるとしたら、自分は今、ここにいて、この番組に参加すると決めた自分を信じているということ。

みんなもそうなんだろう。自分を信じて、ここに集まっている。

22時が近づいてくる、スタジオの緊張感が高まってきた。

彼ら５人がスタジオにやってきた。

リーダーが真ん中に立ち、その両隣にツヨシとゴロウチャン。端にタクヤとシンゴ。

５人が立ち並ぶ。

笑顔はなく、顔が強ばる。

きっとみんなが一番怖い。

東日本大震災から10日しか経ってない中で。


３月21日、22時。

東京、お台場からの生放送が始まった。

５人１列に並んだ中で、真ん中のリーダーがマイクを手に持ち、言った。

「３月21日月曜日、夜10時を回ったところです。今夜の番組はお台場から生放送で我々５人でお送りしたいと思います」

この言葉だった。

イイジマサンはこの言葉を５人に言わせたかった。

彼ら５人もそうだった。

この言葉を聞いて、どれだけの人が安心しただろう。

彼らはいる。

日本にいる。

東京にいる。

だから逃げなくても大丈夫なんだと。


最初の言葉のあとにリーダーは続けた。

「3月11日東日本大震災が起こりました。この震災で犠牲になった方々、そのご遺族の皆さんに深くお悔やみを申し上げたいと思います。そして被害に遭われた皆さんにも心よりお見舞い申し上げたいと思います」

そのあとにタクヤが言う。

「本当にあの日から、沢山の悲しい情景・状況が、テレビ、ラジオ、新聞、いろんな形で伝えられてます。そんな中、被災された方々がほんとに一生懸命前を向いて、一瞬一瞬を頑張って過ごされている姿を見て、胸がいっぱいになってます。そこで自分たちが、何が出来るのか、何か出来ることないのか、という風にもどかしく、そして正直悔しい思いもあります」

ゴロウチャンが番組の内容を伝える。

「少しでも何か役に立つことが出来ないのか、と思っていらっしゃる方は、僕らの他にも沢山いらっしゃることと思います。そこで今夜は、放送内容を変更いたしまして、お送りさせていただくことになりました。今の僕たちに何が出来るのだろうかということをテーマに、皆さんと共に一緒に考え、僕たちもそれを知っていきたいと思います」

ツヨシがゆっくりと言う。

「被災された方は現在も大変な状況の中で生活していると思います。今、僕らのこの姿も見れてない地域も沢山あると思います。が、しかし、僕らに何が出来るかなと思って今日は精一杯番組を進めたいと思います。食事もちゃんととれなかったり、寒い中今も頑張ってると思います。正直僕たちはですね。今まで環境問題とかエコとか、分かってるように口にしてきたんですが、実際のところは何も分かってなかったし、何もしてこなかったんだということに気づきました。僕たちに少しでも何か出来ること、普通に暮らせることがどれほど温かいことなのか、今日は皆さんと一緒に考えていきたいと思います」

そしてシンゴが。

「こんな時だからこそ、もっともっと沢山のことに気づいて、みんなで考えて、そして自分に出来ることをやっていかなければいけない時だと思います。信じるものをひとつにしましょう。自分たちを信じましょう。日本を信じましょう。そしてその信じる思いをみんなで繋げましょう」

最後にリーダーに戻る。

「何も出来ない自分がいました。もどかしさだけが残る毎日です。ただ、困っている人がいます。皆さん助け合いましょう。手を差し伸べましょう。今僕らは、一体何が出来るんでしょうか。みんなと一緒に考えていきたいと思います」

それを言い切ると、5人が歌った。

ナンバーワンにならなくてもいい。

もともと特別なオンリーワンだと。

彼ら5人が、生放送で、日本で、東京で、お台場で歌う。

この姿で、この歌声で。

勇気をもらった人は何万人、何百万人、いや、何千万人だったかもしれない。

彼らが緊張しながらも、本当に心から歌うこの歌が日本中に響いた。

歌が終わり、真っ白なスタジオの真ん中に5人が座り、届いたファックスが白い壁に貼られていく。ただそれだけの中で話していく。

番組冒頭の言葉は、放送前に、メンバー5人とイイジマサンとスタッフとみんなで、何を言うべきか考えて作った言葉だ。メンバーの思いを込めて作った。

だが番組が進んでいくと、その場で自分の言葉で自分の気持ちを喋らなければならない。

もし余計なことを言ってしまったら……。

一言ずつ喋ることがリスクだ。

彼らはまず、地震が起きた時間、どこにいたか？　という話をする。

埼玉県でドラマの撮影をしていたというツヨシ。そのドラマの舞台は東北だった。

茨城のゴルフ場で帰り支度をしていたというゴロウチャン。信号も止まり、倒壊してる家も見たり、10時間かけて帰ってきたと言う。

家にいたシンゴは今まで経験したことのない揺れを感じ、テレビをつけると津波の映像が流れ、実際の被災地の状況が分からず怖くなったと。

タクヤは、ドラマの撮影で、氷の張った湖の上で撮影していたという話をする。海が目の前で、避難したという。

自分たちが経験したことを、ゆっくりと自分の言葉を確認しながら話している。

番組は、街中の人に今何が出来るかを聞いていくＶＴＲを見たり、視聴者から届いたファックスを紹介したり。

彼らは自分が感じたことを語っていった。自分たちの言葉で。

シンゴは節電についての思いを話す。

「ご飯作る時間を１時間ズラすだけで、違うかもしれない」

「家で厚着している。それだけで全然違う」

「スイッチを1つずつ消すように気を付けていたけど、気が付くと、節電を忘れてる場所があったりする」

自分が出来なかったリアルなことも伝える。だから伝わる。

タクヤは東京に帰ってきて見た、スーパーやコンビニから品物がなくなる買い占めについて話した。

「みんな焦ったし、家族がいる人は、俺、買っちゃうと思う。だけど、それに気づけて、行動に移せること、買いすぎた後に行動に移せることが大事でさ」

買い占めをやめようと言うのではなく、自分にも「家族」がいるからこそ、買い占めする気持ちが分かると。それを言うこともかなりの勇気がいる。だからこそ共感する。

リーダーは、自分で調べてきた待機電力の話と電話の話をした。

「地震が起きて、電話したけど、繋がらなくて、自分はかけるのをやめたんだよね。自分がもし繋がったら、自分以外にもっと困ってる人の電話が繋がらなくなるかもしれないって」

リーダーは「節電も大事だけど、節TELも大事だ」と気づいたことを伝え、こうも言った。

「自分たちが20年以上やってきて、なんて微力なんだろう」

この言葉に全員が強くうなずいた。

だからここにいるのだ。

ツヨシは子供からのファックスを読んで言った。

「大人の僕たちがしっかりしなきゃいけない」

そして、こう言った。

「偽善だと思われても、何か出来ることを発信しなきゃいけない」

ツヨシの優しい口調から出るこの言葉はとても強かった。

ゴロウチャンは時間が経って、本音で思ったこの言葉を。

「こういうエンターテインメントみたいな、明るいものを通じて一瞬でもいやすことが出来るならその一瞬のために僕らは頑張らなきゃいけないんだ」

リーダーもタクヤもゴロウチャンもツヨシもシンゴも、自分の言葉を、思ったことを、伝える。

１個ずつ丁寧に、思っていることを伝える。

スタジオにはファックスがどんどん増えてくる。

子供からおじいちゃんおばあちゃんまでの言葉で埋め尽くされていく。

番組終盤、事前にホームページに沢山届いたメッセージの中から5個選び、写真と文字とメンバーの声だけで構成したＶＴＲが流れる。

看護師をしている方のメッセージをリーダーの声で伝える。

「私は看護師をしています。新人の頃、師長さんに『人を支えるのは共に泣くことだけではない。患者さんが思い切り泣けるような環境をつくることだ』と言われました。支える人は倒れてはいけないのです。いつでも被災者の方々が寄りかかれるように一人一人が強くなろう。今はしっかり働いてお金ためて、いつか看護師として被災地へ行きたいと思います。それが私の出来ること」

家が津波で流されてしまった宮城の方のメッセージをタクヤの声で伝える。

「我が家は津波に飲まれてしまいましたが、辛うじて自分の身は守ることが出来ました。今は高台の弟の家に身を寄せています。そんな中、やっと夜中に遠方の友人たちから携帯に連絡がありました……『出来ることがあったら言って下さいね』それが、どんなに心強かったことか……被害にあっても生きている我々は結構しぶといです。今は、近所の皆さんと物を分け合ったりして、こういう時にしか『悲しいかな気づかなかったこと』を沢山体験しています」

保育士をしている方のメッセージをゴロウチャンの声で伝える。

「震度６の揺れの中、０歳の子供12人をみんなで抱え、無事に避難することが出来ました。余震が続く中、困惑し、心が折れそうになった私たちを救ってくれたのは……目の前にいる子供たちの笑顔。子供たちの笑顔は未来に繋がっている。今、私に出来ることは、目の前にある小さな命を守ること」

娘さんが仙台にいて不安を感じた母親のメッセージをツヨシが伝える。

「私の娘は仙台にいます。地震が起きた時は、連絡が取れなくて気持ちが焦るばかりでしたが……やっと声が聞けた時は本当にうれしかったです。親としては『しばらく帰ってきたら？』と言ったのですが『今も大変な生活をしている人を思えば逃げ出すようなことは出来ない』と……今は本当に声が聞けるだけでホッとするんです。１日１回の安否確認の電話が待ち遠しいです。声って大切ですよね。誰にでもいいから不安がってる人に『おはよう』『元気？』『大丈夫だよ』ほんの一言でも気持ちがホッとするんじゃないかなと思います」

最後にアメリカに住んでいる方のメッセージをシンゴの声で伝える。

「私はアメリカ在住です。こちらでも毎日のように大震災のニュースが流れています。海外にいる自分にも出来ることを考え、義援金を送らせていただきました。今、私のお腹には小さな命が宿っています。この子は将来の日本を担う１人です。これから生まれてくる命は希望となります。私の使命は、お腹の子を無事に産むこと……小さな灯りが日本を灯しますように」

このＶＴＲを受けて彼らは言った。

「こういう時に、元気、勇気、希望、言い続けてきた言葉が大切だ」

ゴロウチャンは言った。

「冷たい心を温めるのは人の心にあるものだから」


そして、リーダーはこの日、一番伝えたかった言葉を言った。

「今、僕たちに何が出来るんでしょうか？　今の日本は最大のピンチです。以前、ある本で読んだことがあります。『ピンチや災難は乗り越えられる人にしか神様は与えない』と。だからきっと僕らはこのピンチを乗り越えることが出来ると思います」

真っ直ぐカメラの先のみんなに言った。

シンゴはカメラを見て笑顔になった。

「不安な時だからこそ笑顔になりましょう。その笑顔は繋がります」

5人は自分たちの思いが、そしてスタジオに届いた沢山の人の気持ちが、被災地でこらえているみんなに届くように歌った。

1995年、阪神・淡路大震災の直後にもテレビで歌ったあの曲を。

どんな時もくじけずにがんばりましょう、と。

いつの日にか、また幸せになりましょう、と。

間奏でタクヤはカメラに向かってアドリブで言った。力強く。

「ＧＯＯＤ ＬＵＣＫ」

そして、５人で声を揃えて歌う。

空は青い、僕らはみんな生きている、と。

いつの日にか、幸せを勝ち取りましょう、と。


彼らがこの歌を歌っている時に、スタジオの副調整室にいた。

僕だけじゃない。

沢山のスタッフが彼らの歌う姿を見ながら泣いていた。

涙を手で拭いながら生放送を続けていた。

僕は怖くて沖縄行きのチケットを取った。でも、怖くて逃げようとした自分を捨て去り、
この日の放送に挑んだつもりだったが、怖かった。ずっと怖かった。

どうなってしまうんだろうと。

だけど怖いのは僕だけじゃなかった。

その副調整室にいたスタッフ何十人、みんなそうだった。

みんな家族がいる。奥さんがいる人も、子供がいる人もいる。

みんな、怖くて、僕と同じで逃げたかった人もいるはずだ。

だけど、この日の放送は、絶対に日本全国の沢山の人に届いていると確信した。

沢山のファックスが届き、そのファックスでスタジオは埋め尽くされた。

みんなで届けたこの放送が、きっと誰かの笑顔になっている。

今、自分たちに出来ることは、これなんだと、誇らしく思えた。

だから泣いた。

みんな泣いた。


彼ら5人のこの生放送は。

日本中に届き。

笑顔を繋いだ。


その放送から2カ月ほど経った頃だった。

テレビにバラエティー番組は戻ったが、震災前のような明るさは戻ってない。完全に戻ることはない。変わったのだ。

まだ連日震災のニュースは伝えられている。原発の事故のことも。

何が本当で何が嘘なのか分からなくなっていた。

そんな時、番組の会議で黒林さんが伝えた。

「今年の27時間テレビで彼らに出張の料理コーナーをやってほしいというオファーが来て

います」

お台場のテレビ局では毎年27時間テレビが放送されていた。

土曜から日曜まで27時間ぶっ続けでバラエティー番組を放送する。

毎年、軸となる人がMCとして立つのだが、この年は人気芸人2人組とリーダーがやることになるのだと。

その中で、タクヤ、ゴロウチャン、シンゴとツヨシが被災地に行って、いつも番組の中でやっている料理企画を出張でやってほしいというものだった。

宮城にはお笑い怪獣と呼ばれる超人気芸人さんがお笑いライブを届ける。

料理企画は岩手と福島に行ってほしいというリクエストが来ていた。

放送は7月だとしても、この時点では、東日本大震災からまだ2カ月しか経ってない。

黒林さんは、イイジマサンには軽くオファーしたが、まず自分たちが被災地に行き、状況を見て報告してからやるかどうかを決めてもらうことになっていると言っていた。

僕も自分の目で見るべきだと思った。

まずは春田と一緒に岩手の大船渡に向かった。

被害が一番大きかった場所に向かうと、そこには見渡す限り何もなかった。

すべて波に飲み込まれたあと。

360度見渡せるところは全て波に奪い取られていた。

言葉を失う。自然に涙がこぼれてきた。

僕らは仮設住宅の集まる場所に向かい、体育館に顔を出した。

そこには沢山の子供たちもいた。

この中に大切な人を失った人が沢山いるのだと思うと胸が苦しい。

だが、笑顔だった。

2カ月が経ち、間違いなく、悲しみを背負いながら未来に歩き始めていた。

僕はそこを見て思った。

ここに彼らが来て料理を作ったら間違いなく喜んでくれるだろうと。


週をまたいで今度は福島に行った。

岩手に行く前は不安だったが、行ったあとにスタッフと共に、「いける」と自信が出てきたので、福島に行くときはちょっと安心しながら行ったのだが。

そうではなかった。

考えが甘かった。

まずテレビ局のルールでガイガーカウンターを持っていかなければならなかった。

福島駅に現地の放送局の人が車で迎えに来てくれていた。

その車に乗って移動していると、春田の持っているガイガーカウンターが鳴った。

ガイガーカウンターが鳴るということは、注意しなければいけない放射線がそこに存在しているということだ。

その音で一気に緊張感が高まり、手のひらに汗がにじむ。

自分たちはそういう場所に来たのだ。

そして福島に住む人たちは放射能の不安と恐怖と向き合いながら「住んでいる」のだ。

僕は移動する車の中で、言葉が発せなくなった。

車はとある所に着いた。

数千人もの人がいまだ避難している大きな場所だった。

そこで県庁に勤める川田さんという男性が出迎えてくれた。

僕より年輩で長年県庁に勤めている川田さんの顔には笑顔はなかった。

まずそこに避難している人たちの様子を説明しながら見せてくれた。

岩手にいる人たちとは違った。

あまり笑顔はなく、みな、携帯を見ている。下を向いている人たちが多かった。

そこにいるのは地震で避難している人たちだけではなかった。原発事故により住んでいたところが避難地域になってしまった人たちも沢山いた。

家はあるのに帰ることが出来ない。

いつ帰ることが出来るのかも分からない。

一生帰ることがないのかもしれない。

岩手では、不安を希望に変えて生きている人たちが多かったが、目の前にいる人たちはそうではなかった。

ずっと不安というトンネルの中にいる。

ずっと出ることの出来ないトンネル。

ずっと抜け出すことの出来ない暗闇。

明けることのない夜。

そこで携帯を見ている男性と目が合った。僕はさっと自分の目を逸らしてしまった。

会議室に入り、僕と春田と福島のテレビ局の人が川田さんの前に座る。

春田が今日ここに来た理由を説明した。

期待させて、結果来ないとなると嫌だったので、5人の名前は出さずに話した。

夏に27時間テレビという番組があり、そこで、福島から中継をしたいという話をした。

「いろいろとご協力いただけますか？」

春田が聞くと、川田さんは不満げに言った。

「なんなんですかね？」

イライラしているのが分かったから、僕は思わず川田さんに言った。

「何かご不満なこととかあったら言ってください。なんでも」

川田さんが僕を見て言った。

「本当に来るんですかね？」

「本当に来るって、どういうことですか？」

川田さんは自分が感じていた不満を爆発させた。

「テレビで見ましたよ。いろんな芸能人が、岩手と宮城には行ってる。だけどね、福島には来ませんよ。なぜですか？」

そのなぜですか？　の答えは川田さん自身は分かっている。僕だって分かった。でも、答えられない。

「こないだだって、派手な格好して宮城行ったタレントさん、いましたよ。でも福島には来てくれませんよ」

川田さんは普段言えない思いをぶつける。

「誰も来てないですか？」

僕が聞くと、川田さんは教えてくれた。ある女性演歌歌手が電話をかけてきて「私に何か出来ることありますか？　行って段ボール運びでもなんでもやります」と。川田さんは「段ボールを運ぶんじゃなくて、来てくれるなら歌ってください」とお願いをすると、その人は本当に来てくれた。歌ってくれた。歌ってくれると、ここに来てから動けなくなったおじいちゃんやおばあちゃんがその人の歌を聴くために立ち上がって歩いて感動して涙を流した。改めてエンターテインメントの力はすごいんだって感じた。

だけど、その人以外、ほとんど来てない。

みんな、福島には来てくれない。

川田さんは立ち上がって僕らに言った。

「さっき見たでしょ？　みんなずっと携帯さわって下向いて。未来がないんですよ。希望がないんですよ。上向かせてあげたいんですよ。あの人たちに」

その言葉に何も言い返すことが出来なかった。

本当ならそこで「じゃあ、絶対来させますよ」と言いたいところだったけど、そうもいかなかった。

実際、なかなかそこに行かないという現実。

この日、来ただけでも何度も鳴るガイガーカウンター。

この状況をイイジマサンに伝えて「絶対、行きましょう」と言い切れない自分がいる。

だから何も言えないまま、その場を離れた。

帰りの車の中で僕も春田も何も喋ることの出来ないまま、また、ガイガーカウンターが鳴った。

「ここにエンターテインメントを届けるのは無理かもしれない」

東京に戻り、黒林さんと春田と一緒にイイジマサンの元に向かった。
岩手と福島の状況を伝えるために。
まず黒林さんから岩手の状況を伝える。
次に春田から福島の状況を伝えた。
ガイガーカウンターが鳴っている状況。そして川田さんの言った言葉。
そのまま伝えた。
この出張料理企画はなくなると思った。
「行かせよう！　岩手と福島に」
イイジマサンは言った。
「福島にも行きますか？」
春田が言うと。
「絶対、行かせよう！」
イイジマサンは力強く言った。
その言葉を聞き、僕の頭の中には福島でずっと下を向いていた人たちの姿が浮かんだ。
川田さんが言った「上向かせてあげたいんですよ」という言葉が頭の中に響く。
イイジマサンは思ったのだろう。
彼らが行って、上を向かせてあげたいと。

そのあと話して、岩手はタクヤとゴロウチャンのチーム、そして福島はツヨシとシンゴのチームにすることになった。

イイジマサンからの提案で、出来れば当日の前に、彼らを現地に何度か連れて行きたいと。事前ロケを兼ねてでもいいし、特に福島はロケもなしで、ツヨシとシンゴを連れて挨拶だけでもいいから行かせたいと言った。


イイジマサンの言葉を、僕たちは実行に移した。

タクヤとゴロウチャンは岩手に行き、ツヨシとシンゴは福島に行き。現地の人たちと話した。

最初にツヨシとシンゴたちが行った時は僕も同行した。彼らは自分のお金でお米券とデニムを大量に購入し、街を回りながらどんどん配っていった。カメラを回すことなく、挨拶だけして配っていく。


シンゴは3月21日の番組で言った。「笑顔を繋ごう」と。

ガイガーカウンターが鳴ろうが気にしなかった。

自分たちが出来ることをただ、やった。笑顔で訪れ笑顔を繋いで、みんなの顔を上げてもらった。

7月23日。

27時間テレビ当日。

僕はツヨシとシンゴと一緒に福島に行った。

会場となる体育館には地元の人たちが沢山来てくれていた。

放送のためにツヨシとシンゴが入ってくると、大きな歓声で沸き立つ。

高校生くらいの女性が持つ手書きのパネルに「福島に来てくれてありがとう」と書いてあった。

川田さんの言葉が蘇り、その言葉が刺さる。

当たり前の言葉なのに、重かった。

2人の姿を見て、泣いている人たちもいた。

ツヨシもシンゴも、岩手のタクヤもゴロウチャンも、放送されていることは二の次だったと思う。

ただ、目の前の人を喜ばすため、大量の料理を作り、配っていく。

求められたら握手もして写真も撮影した。

汗だくになりながら、ずっと笑顔でい続ける。

自分たちが笑顔でいることで、この笑顔が繋がると信じていたから。

料理企画の中継は、大成功で終わった。

とにかく喜んでくれた。2カ月前に福島で見た、下を向いている人たちの顔が上を向いていた。

体育館中に笑顔が咲いた。

放送が終わり、ツヨシとシンゴは控え室に戻った。

僕も一緒に戻っていった。

控え室に着くと、シンゴはすごく優しい表情で、ツヨシに言った。

「みんな、喜んでくれたね？」

「うん。喜んでくれた」

「自分たちが来て料理作ってさ、こんなに喜んでくれた」

「本当に嬉しそうにしてくれた」

シンゴがツヨシを見て言った。

「本当にこの仕事をしてきて良かった」

心からそう思ったのだろう。

自分たちがこの仕事を続けている意味を感じたのだろう。

シンゴはビールを開けて、ツヨシはお茶を開けて。

乾杯した。


彼ら５人は、この２０１１年から、ずっと被災地の人を応援し続けてきた。

彼ら５人とイイジマサンとスタッフの思いで、翌年からも3月になると、被災地を訪れて復興していく様子を見せ、その中でもまだ悲しみを背負っている人たちを励ました。

ずっと。

番組の最後には、募金の告知を流した。

毎週、１回も欠かすことなく。

２０１２年、２０１３年、２０１４年、２０１５年。

そして、２０１６年12月26日に終わりを迎えるその日まで。

あの東日本大震災で、彼ら５人のおかげでがんばれた人は沢山いる。

笑顔を戻した人もきっと沢山いる。

だけど。そんな彼らにも。

終わりが来る。

第8章

2016011 8

【2022年　秋】

原稿を書き進める手を止めて、スマホを覗くとネットに流れてきたニュース。

人気俳優が事務所から独立するという。ここ数年でよく目にするようになったこの手のこと。長年お世話になった事務所を離れて独立するということは、この芸能界ではずっとタブーと思われているところがあった。昭和だけでなく平成になっても。

だが、令和の扉が開くと、その行動を起こすことに対するタブー感は、随分と軽くなった気がする。変わったのだ。その変化が起きたのは、「彼ら5人」の「あの放送」があったからじゃないかとふと思ったりする。

テレビ番組が作りたくて作りたくてこの世界に入った自分が。人を笑わすために、そんな番組を作りたくてこの世界に入った自分が、その放送に作り手として参加していた。沢山の人に涙を流させてしまった「あの放送」に。

今でもずっと胸に刺さっている。

あの日に、僕は放送作家として、終わった。


【2016年　1月18日　午前1時30分】

日曜日の深夜だというのに、そのクラブのフロアには大勢の人が溢れていた。クラブなんて来たのは何年ぶりだろうか。

この日、僕が作・演出した芸人さん主演の舞台の上演が大成功し、打ち上げのあとにクラブに行こうと盛り上がり、やって来たのだ。

祝杯を挙げて、フロアに流れる音楽に身を委《ゆだ》ねる。テンションが上がってきた。「今日は飲むぞ」と3杯目のハイボールを頼んだ時だった。

携帯が揺れた。

嫌な揺れ方をしている気がした。電話の相手は番組のプロデューサー、春田だった。

この舞台の本番を翌日に控えた1月13日。その日の朝、突如としてスポーツ新聞の一面に出た彼ら5人、国民的人気グループの「解散」の文字。この新聞の記事をきっかけに世間は大騒ぎになっていく。

本当に解散するのか？

様々なワイドショーで取り上げられ、「解散しないで」という沢山の「願い」と「悲鳴」が大きな渦《うず》になっていった。

リハーサルのため、1月13日の昼に劇場に入ると、楽屋にはスポーツ新聞が置かれていた。出演者もスタッフも、みんながスポーツ新聞に書かれていることを僕に聞きたくて仕方ないのは分かった。でも、呑み込んでくれていた。

2015年の年末あたりから、何かざわついているのは感じていた。だけど番組を作る側の僕たちには、真実は下りてこない。

そんな中、自分たちが出来ることは番組を作り続けることしかなかった。

13日に新聞の記事が出てから、黒林さんと春田とは何度も電話で話をしたが、真実は分からず、僕たちが出来ることは番組を作り続けることだけだった。

だが。2016年1月18日。午前1時30分。

夜中に震える携帯を見た。不思議なもので、嫌な電話は携帯の揺れ方で分かったりする。嫌な予感が体を走るが、出ないわけにはいかない。

フロアを走り抜けて、階段を上がりながら春田からの電話に出た。

少し息を切らせて「どうした？」と聞くと、春田は言った。

「大変申し訳ないですが、今から局に来ること出来ますか？」


僕はクラブを出た。


【2016年　1月18日　午前2時15分】

レインボーブリッジを渡っていると、見えてきたお台場のテレビ局。

真夜中なのにライトに照らされ輝いている。

その時間にそこに行ったのは初めてではない。以前は真夜中に輝いているテレビ局を見て、夜中でも視聴者を笑顔にする娯楽を作り続けている場所に行くことに、ワクワクした。

1997年の大晦日の年越し番組を放送した帰りは、この橋を渡りながら、彼ら5人が起こした奇跡を思い返し、夜空ノムコウにある未来を見て笑っていた。

だが、この日はそうではなかった。

橋を渡る時に感じたのは、不安と恐怖だったかもしれない。

1月18日の22時15分。いつもより15分遅く放送される彼ら5人の「番組」はもう完成してあとは放送されるのを待つだけなのだが、もしかしたらあれは放送されないのかもしれないという気がした。

1996年の4月から放送を開始して、20年になる。こんな不安を抱いたのは初めてだった。


タクシーを降りて、空を見上げると、冬の空に星が輝いていた。


いつも僕の真上に強い光を放ちながらずっと輝いていた五角形の星の光。

この夜から、その光が薄く見えた気がして。心臓の鼓動が速くなった。不安を取り除くために、深く大きく深呼吸をして、テレビ局に入った。

13階までエレベーターで上がって行くと、血液が一気に頭に上がって行った。


会議室に着くと、チーフプロデューサーの黒林さん、プロデューサーの春田、演出の野口を筆頭に、ディレクター、ADを含めて20人近くのスタッフが集まっていた。

それを見て、「何か」が起こることが分かった。

春田が言った。

「今夜の番組の一部を生放送にすることになりました」

番組が始まってから20年。

アイドルがアイドルを超えることを実現させたこの番組は、時折、国民をあっと驚かせる放送をすることもあった。今までこの番組を急遽生放送にしたことは何度かあった。2011年の3月21日、東日本大震災からたった10日後に放送した時も生放送だった。あの時も「急遽」だったが、とは言っても数日前には決まっていた。

一部とはいえども当日に急遽生放送にするのは初めてだった。

一言でいうと「ありえない」ことだが、その「ありえない」ことを実行しなければならなかった。会議室をADが走って出入りし、ざわつく。そのざわつきが、僕の不安の色をどんどん変えていく。黒い不気味な色に。

その緊急生放送は番組側が提案したことではなく、彼らが所属する事務所から「こうしてほしい」という強い願いがあり、局側もそれを受け入れて、決まったのだという。

ここ数日、世の中を大きく騒がせている彼ら5人の「解散騒動」に対して、何かしらの答えを届けるのだということは分かったが、いくらなんでも当日に生放送を決めて伝えるというのか。

「何を放送するの？」

僕が春田に聞いた。

「まだ何をするのかが決まってないんです」

そう言った。

「緊急生放送は決まっているのに、放送する中身が決まってないってどういうこと？」

「そうなんです」

みんなが困惑しているのが分かった。

決まっているのは、世間を騒がせている「解散報道」に対しての「説明をする」ということだったのだが、何をどう説明するのか？　どんな放送になるのかは何も決まっていなかった。

こんな状態で今夜生放送を行うなんてありえない。ありえないでしょと思っているのは、黒林さんに春田に野口、番組スタッフ全員だったはずだ。

僕もスタッフもこの番組でありとあらゆる経験をしてきたつもりだったけど、これまでの自分たちの経験値を超える何かが起きようとしていることが分かった。不安しかない。

だが、やるしかなかった。


この時点で、彼ら5人を国民的グループに育て作り上げてきたマネージャーのイイジマサンは外れていた。そうなるしかなかった。

このグループはもちろんだが、放送作家として若くていきがってた22歳の僕をおもしろがって、チャンスを与えて育ててくれた人でもあったイイジマサン。エンターテインメントを作ることをとことん教えてくれた、僕が世界で一番尊敬している人。

タクヤの結婚が新聞に抜かれたあの日も、自分の判断でその日に急遽会見することを決めて、沢山の不安を希望に変えた。彼ら5人を思う愛と、それまでにはない攻めの姿勢でピンチをチャンスに変えてきたイイジマサンは、いない。

この時も、すぐさま電話して「どうしたらいいんですか？」と聞きたかったが、一番悔しい思いをしているのはイイジマサンだろう。だからその気持ちを力ずくで閉じ込めた。

自分たちでやるしかないのだ。


【2016年　1月18日　午前3時30分】

夜中3時を過ぎているのに、黒林さんと春田の電話が何度も鳴る。

僕と野口は、生放送の中で出来るあらゆる可能性を探る。

いきなりの緊急生放送。番組が始まって20年、これまであらゆる困難を越えてきたはずだが、今回は、今まで学んできた方法論が当てはまらない。手探りで捕まえようと思えば思うほど、何も捕まえることが出来ず焦りが募っていく。


テレビ番組とは「ナマモノ」である。ドラマは「作り物」でワイドショーやニュースは「リアル」である。バラエティーはリアルに見せた「ファンタジー」だと思っている。

出演者はプライベートで辛いことがあったとしても、それを隠し誰かを笑わせようと一生懸命になる。その「辛いこと」が世間に出ない限りそれは成立していく。

だが、例えば自らの命を絶ってしまった人がいて、それがニュースとなった場合、翌日放送される番組の中でその人がどんなにおもしろいことを言ったとしても、それは笑えない。


2016年になってから世間を騒がせまくっている「解散報道」に対して、何も言わずに番組を通常放送にしたとしても、視聴者は「今日、番組で何か言うかも」という思いが強すぎて、普通に楽しむことは出来ない。

だから生放送にして「説明する」ことには大賛成だ。だが、何をどう説明するのかが決まってない。

放送まで20時間を切っているのに、そんなことありえない。

僕と野口が一番気になっていたのは「解散するのか？　解散しないのか？」ということだった。

それによって説明する内容が大きく変わってくる。解散するとなったら、短い時間ではとても説明出来ない。

だが、黒林さんと春田が言うには「解散はしない」ということだった。だからその説明をする場になりそうだと。

番組の制作のトップであるプロデューサー陣や演出、全ての人が「〜らしい」「〜かもしれない」をつけて話す。

番組を作らなければならないこの現場でも、なぜ緊急で生放送することになったのか？誰がそれを望み誰の意志で作られるのかがよく分からないまま、進めなければならない。

不気味だった。

その不気味さが拭えないまま、やらなければならない。そんな中で、ようやく情報が少しずつ整理されて伝えられてくる。

事務所側の希望としては、今回の騒動で世の中の人に沢山の心配をかけたから、それを番組ではなるべく明るく前向きに説明したいということだった。

そして出来れば最後に歌を歌う。東日本大震災のあとの生放送でも５人で歌い、日本中を勇気づけた彼らのヒット曲を。

僕もそういうものになるのだと思っていた。

正直、どんな話をしたとしても、最後にみんなが笑顔を見せて歌ってくれれば、番組を見た人の頭の中から「解散」という文字は溶けていくんじゃないかと思っていた。

でも。時間とともに、そんな簡単なものじゃないということに気づかされていく。

結果、日本の芸能史上、テレビ史上ない、いびつな番組になってしまった。人を笑顔にするバラエティー番組のはずなのに。

【2016年 1月18日 午前6時】

大体の中身が決まった。

番組冒頭の数分間。メンバー全員で説明をするということ。

歌唱はなし。

歌唱がなしになったのは、この状況では歌えないというメンバーがいたからだ。

新聞に「解散」の文字が出てしまうまでには、この先の未来を見据えてのそれぞれの考えがあったのだろう。

それが1つにまとまることがなかったからこその、この報道。

だからこそ、今回は最後に歌うことは出来ないのかと考えた。

歌がないということは、話をするだけで終わりとなる。

結果、今回の騒動で世間の人に心配や迷惑をかけたことを謝る放送になる。

謝る？

彼ら５人が頭を下げる？

なぜ謝るのか？　それを世の中が求めているのか？

僕も、そこにいたスタッフ全員の中でも疑問があったと思う。

だとしても、僕らはそんな番組を作らなければならなかった。

生放送で謝るということだけが決まった。

何をどう謝るのかも決まらないまま、朝を迎えた。

どんな言葉で謝るのかは、メンバーと話していくことになった。


【２０１６年　１月18日　午前９時】

家に着いたときはもう日が出ていた。寝ようと思っても寝ることが出来なかった。なんだか胸がずっと苦しい。心臓を摑まれているようで辛い。

だけど僕以上にメンバーの方がもっと苦しいはずだ。

布団から出てカーテンを開けると、道路に雪が積もっている。

朝９時過ぎ。タクヤから電話が来ることになっていた。

仕事に出なければいけない妻は、生後半年の息子を抱きながら、タクシー会社に電話をかけるが捕まらなくてイライラしていた。

僕がリビングでため息をつきながら電話を待っていると、かかってきた。

電話に出ると、彼の声だった。

そこから、今日何を話すべきかを話し合って決めた。


僕は22歳の時にタクヤと出会った。僕と同じ年の彼は、その頃から手を抜くことが嫌いで、ずっと全力だった。

その全力は時代を変えていった。男性アイドルとしてはタブーとされてきた結婚もプラスの力に変えて、日本中を魅了していった。

彼の声を電話で聞くと、これまで一緒に作ってきたものが頭を巡る。

タクヤと電話で話している時に、妻が出かけようとして、息子が泣いた。その声が電話の向こうに届いてしまい、彼は言った。

「ベビーの面倒はちゃんと見ろよ」

彼らしい言葉。僕の中にたまっていた緊張が少しだけ抜けた。


電話を切り、言葉をまとめて、春田に電話した。

息子を抱いてあやすと笑顔になる。

その息子の笑顔がなんだか痛かった。

そのあと、本来ならば、昼過ぎからほかのメンバーと会って気持ちを聞き、言葉を作っていきたかったのだが、妻が仕事から帰ってくるまで家を出られず。僕が家を出られるのは2時半過ぎ。

そこまでは黒林さんと春田、野口にメンバーとの打ち合わせを任せた。


【2016年　1月18日　午後3時】

妻が帰ってきたので、再びテレビ局に向かった。

放送まで7時間。

この夜の放送がどんなものになるのか？　まだ自分にも想像はついていなかった。

僕だけじゃない。スタッフ全員も、それどころか彼ら5人も想像できてない。

国民が注目する放送になることは間違いなかった。

これがいいきっかけになってくれたらいいと、この時点では思っていた。


会議室に入ると、ADさんが慌ただしく走りながら出入りしている。数時間前に見た光景と同じ。

みんなほぼ寝ずの状態で生放送の準備中だ。

そして、ここから僕がメンバーの思いをテレビの言葉にしていくことになる。

どんな言葉にしていったらいいのか考えていると、リーダーとの打ち合わせを終えて戻ってきた春田が、その気持ちを僕に伝えた。

今回の騒動を経て、世間を騒がせ心配をかけたことに対して申し訳ないと思っている気持ちを伝える。

だが、リーダーとしては、言葉は最小限にしたいという思いがあった。

色々と気持ちを語るよりも、今はまず、解散はなく、生放送でみんなに向かって、最小限の言葉で心配をかけたことに対して謝る。


いつも彼はグループを俯瞰《ふかん》的に見てきた。アイドル冬の時代と言われ始めた90年代。歌番組も減っていった。その中で、露出するとしたらバラエティー番組しかなかった。勢いのある芸人さんが続々と出てきて人気になり笑いを取っていく中で、アイドルがそこに出て行き勝負していくことはとても厳しかったはずだ。

アイドルを飛び越えて「こちら側」に来ようとするな、という空気があり、みな、そこに重い扉を作った。だが、リーダーは、それを力ずくで開けていった。

彼が開けたその扉を、メンバーは様々な形で通り抜けて、新たなアイドル像を作り上げていった。

自分のことは二の次で、いつもグループとしての見え方を第一に考えていた彼だった。常に俯瞰しながらも、ど真ん中に立って戦い、グループを守ってきた。モリクンが抜けるとなってからも、リーダーはモリクンを守り、そして新たに5人組となりスタートする時にもメンバーを守ってきた。

どんなピンチもまずメンバーのことを思い、そしてグループを広い視野で見て、自分が背負ってきた。

だから、この日も、自分たちが最小限で話し、終わらせることが、絶対にベストだと思っていたのだろう。

リーダーの目には常に先が見えている。

春田から伝えられたリーダーの願いを聞いて、納得できた。

なぜ謝るのか？　それはファンや世の中の人に「心配」をかけたことを謝るのだ。

だから僕は書いた。

今回の騒動で世の中を騒がせたことへの思い。そのことに対して謝る思い。最小限で。

彼らの言葉や行動は、これまで国民に沢山の夢を与えてきた。

２０１１年3月21日の放送で、生放送が始まり、最初にリーダーが言った言葉。

「3月21日月曜日、夜10時を回ったところです。今夜の番組はお台場から生放送で我々5人でお送りしたいと思います」

お台場、生放送、５人。

その言葉で、沢山の人が安心したはずだ。

その年の「27時間テレビ」の中で、被災地への出張料理企画を生放送する時もそうだった。

あの年の2つの「生放送」は、彼らだけでなく、自分やスタッフにとっても大きな自信と誇りになったはずだ。テレビの力で人を笑顔にする。

テレビは人に沢山の希望を与えることも出来るんだ。心から思った。

会議室で彼らの言葉を書いている時にそんな生放送を思い出して、また言葉を書いた。

この日の放送があの時とは違って、見た人の笑顔を奪うものになるとは思わずに……。

【2016年　1月18日　午後6時】
テレビを通して沢山の人を笑顔にしてきた彼らに、悲しい言葉を言わせたくなかった。
そんな言葉を誰も望んでいないのは分かっていたから。
今まで彼らがこの言葉を言ったらおもしろいかな、格好いいかな、と考えてきたのに。
この日に考える言葉はそうではなかった。

2時間近く考えて、書いた言葉は、最初とほぼ同じような中身だった。
迷惑をかけたことに対する謝罪。
言葉を変えて並べただけだった。
どんなに考えてもそれが精一杯だった。

黒林さんと春田と野口にその言葉を見せた。
「こういうことになりますよね」
黒林さんが言った。
顔が曇る。
最高の文章でないことは誰もが分かっている。
黒林さんたちも僕と同じで、彼らを傷つけないことを第一に考える。

「これで一旦事務所に投げましょう」

本人たちに見せる前に、当然、事務所に見せなければならない。

【2016年　1月18日　午後7時】

春田が原稿チェックを終えた事務所の返事を伝えてきた。

「やっぱり、もっと個人の思いとか伝えられないのかと言われて」

想像していた答えだった。

春田もそれが難しいのは分かっていながら、僕に伝えている。

そこから多少言葉を足したが、それが限界だった。

それをまた事務所に返すと、OKが出て、それで行くことになった。

事務所側からしたら、決して満足いくものではなかったはずだ。もっと本人たちから言葉を引き出して作ることは出来ないのか？　と思ったことだろう。彼らと20年この番組をずっと一緒にやってきたはずの僕に対してガッカリしたに違いない。出来ない人だなと思ったかもしれない。

だけど、僕が何を思われてもそれでいいと思った。

僕たちは彼ら5人を守らなければいけない。

【２０１６年　1月18日　午後7時30分】

言葉が決まり、演出の野口と一緒に、本人たちの楽屋を回り、伝えていくことになった。

僕らの前ではいたって明るく振る舞っていたリーダー。

その明るさが自然でないことは分かった。

この状態でも、何とかその空気を作ろうとしている責任感。

タクヤ、ゴロウチャン、ツヨシ、シンゴ、１人ずつ楽屋を回り、言葉を書いたメモを置いていく。みな、いつもと変わらぬように振る舞っている。

なんだかその姿を見て、「もしかしたら自分たちはとんでもないものを放送してしまうのかもしれない」という思いが過る。

得体のしれない不安が体を占領していき、心拍数を上げていく。

メンバーはこの数十倍、数百倍の不安なんだろうと思い、自分を落ち着かせる。


【２０１６年　1月18日　午後8時】

自分の作業は終わり、野口たちと今後の収録予定などを話してみるが、集中出来ない。

ただ始まるのを待つしかない。

時間が経つのがこんなに遅く感じたのはいつ以来だろう。

知人からＬＩＮＥが届く。そこには「今日の生放送楽しみにしてるね」という言葉もあった。

そう、楽しみにしている人も沢山いるはずだ。

――解散することはない――

――これからも５人で１つになり、楽しい放送をやっていく――

そういったことを５人の口を通して聞かせてくれると信じていた人は少なくない。

おもしろい放送でもない。格好いい放送でもない。感動する放送でもない。

ただ、見た人には解散しないことは分かり、最低限の安心を感じてほしいと思った。

それだけでも伝わればと。

何度見ても動かなかった時計の針がようやく放送まで１時間を切った時に、春田が僕のことを呼んだ。その時、春田の顔を見て、僕の鼓動はさらに速まった。

【２０１６年　1月18日　午後9時15分】

スタッフが用意していた楽屋に僕と黒林さん、春田、野口、事務所の人たちが入ると、そこに春田に用を頼まれたＡＤが走ってきて、あるものを渡して去ると、扉が閉められた。

扉が閉まる音がいつもより重く感じ、空気が固まった気がした。

春田がＡＤから渡されたものは「紙」だった。５枚だけコピーされた紙。

その紙を全員に渡した。

Ａ４の紙に打たれた文字がびっしりと上から下まで並んでいた。

事務所の人がその紙が何かを伝えた。


そこに書いてある言葉は、彼ら５人が所属する事務所を作った「ソウギョウケ」のトップの１人であり、この日本で、唯一無二のプロダクションを作り上げてきた女性によるものだった。

太陽と月で言うなら月として、小さな船だったそのプロダクションを50年以上かけて、巨大な船にしてきたその人の言葉が書かれていた。

まず、僕が作ったメンバーの言葉に対して、強烈なダメ出しがあった。

僕が作った言葉が、何の意味もなく、何一つ大切なことを伝えてないことを凄まじい熱量で訴えていた。

事務所のＯＫが出た時点で、安心していたが、この人には通じなかった。ダメだった。

全てがこの人の目には透けて見えていた。

見逃さなかった。許さなかった。

その人の怒りに溢れた言葉を読み進めていくと汗が止まらなかった。

許さないだけではなかった。

これから1時間後には始まってしまう生放送の中で、絶対に言うべき言葉が書いてあった。

その言葉は、今まで25年以上一緒にやってきたメンバーの1人が社長に謝る機会を作ってくれたおかげで、「今、僕らはここに立ててます」というものだった。

これを言わせることで、今回の騒動で「誰が悪いのか」をはっきりさせるものだった。

でも、その「悪い」はその人にとっての「悪い」である。


放送1時間前に、強烈な指示、いや、指令が下りてきたのだ。

この一文を入れることでどうなるのかは、簡単に想像出来た。

5人で説明するはずの生放送が、1対4の生放送になってしまう。

そうではない放送にすることが一番大切だと思っていたのだが、そこをぼやかすことは許されなかった。

その指令は絶対だった。


何のためにこれを言わせなければならないのか？

それは「ソウギョウケ」として、ここまで勝ち抜いてきた人の「正義」だったのだろう。

小さな船を大きな船にしていくのは、簡単ではない。悔しい思いを沢山してきただろう。その中で、勝ち抜きながら作り上げた信念。

組織に所属している人間は何がどうであれトップに従わなければいけない。そうでなければ組織は崩壊する。その信念が結果、とても残酷なものになったとしても、その人にとってはこれが「守る」ことなのかもしれない。

視聴者がそれを望んでいるかどうかよりも、大切なものがそこにはあるのだろう。

僕が「これ、絶対に言わせなきゃいけないんですか？」と聞くと、力強くうなずいた。その人たちも、その言葉を言わせることでどうなるのか、分かっていたはずだ。だけど、仕方ないのだ。従うしかない。その人たちもまた組織の人間だから。

黒林さんも春田も野口も俯《うつむ》いて拳を握っていた。僕と同じ気持ちだから。

こんな言葉言わせたくない。言わせられない。

これを言わせたら、５人全員の立場も大きく変わってしまうかもしれない。

でも。僕らはその「ソウギョウケ」のトップの「信念」に従うしかなかった。

【２０１６年　１月18日　午後9時30分】

あと45分で放送は始まってしまう。

黒林さん、春田、野口と何度もその紙を見た。

「これ本当に言わせなきゃダメなんですかね？」

誰もが同じ気持ちだ。何度も話し合うがＮＯはない。

そうなると、決めなければならない。

その言葉を誰に言ってもらうか。

「今、僕らはここに立ててます」

という、自分たちがその場に立てている理由を。

思ってもいない言葉を。

残酷なこの言葉を。

時間が迫る中、僕らが出した答えは「ツヨシ」だった。

彼に頼んでみようと。

なぜ、彼なのか？

僕は最低だ。

残酷なセリフだと分かっていながら。言わせちゃいけないセリフだと分かっていながら。

それに従うしかなく、時間が迫っている中、彼の優しさに甘えるしかないと思ったからだ。

これを頼まれることが彼にとってどれだけ辛いことか分かっているのに。
でも、それしかないと思った。

彼の楽屋をノックし、入っていった。
野口の口からお願いがあることを伝えた。言ってほしい言葉があると。
その言葉を見せた。
彼はその言葉をじっと見つめた。
彼がそれを見つめている時、胸が張り裂けそうだった。
僕らはなぜその言葉を言わなければいけないのかを話さなかった。言えなかった。
すると、彼は、その目を僕らに向けた。
そして言った。
「分かった」
と、一言だけ。

彼は分かっていたはずだ。自分がその言葉を言うことでどうなるのか？
この言葉を誰が言わせようとしているのか？
理由も聞かなかった。

そして、僕らが彼の優しさに甘えて、お願いをしに行ったことも。あの目は全部見通していた。

なのに。なのに、「分かった」と言ってくれた。

自分が言わないなら、それを誰かが言わなければいけなくなる。

それも分かっていたはずだ。

彼は。すべてを分かって。

分かった
と言った。


楽屋を出て。僕も黒林さんも春田も野口も、お互い目も合わすことが出来ず。

何も言葉が出なかった。

ツヨシにお願いしてしまった罪悪感と申し訳なさで、その場で泣きたかった。叫びたかった。

「ごめんなさい」

でも、やるしかないのだ。

僕らは分かっていた。

破壊のミサイルのボタンを押してしまったことを。

時間が止まってくれないかな。

止まらない。

時計の針は進んでいく。

そして、時間が来た。

メンバーの楽屋の扉が開いた。


スタジオの中に入っていく5人の顔は強ばっていた。

2011年3月21日の生放送の時も5人の顔は強ばっていた。

だけど、その時とは違う。

あの時は、リーダーの、タクヤの、ゴロウチャンの、ツヨシの、シンゴのスタジオに入ってきた時の足音に力強さを感じた。希望を感じた。

だけど、今回は違う。

巨大な力によって、ここに連れてこられたような。

重く辛い足音。

【2016年　1月18日　午後10時15分】

スタジオの副調整室に入ると、野口は演出の机に座り、僕と黒林さんと春田は、その後ろのソファーに座り、ただ放送を見守ることしか出来ない。


始まった。

始まってしまった。


真っ黒な画面に白文字で『今夜は一部内容を変更してお送り致します』というテロップが出る。

そのあとに、黒いカーテンの前にスーツ姿の5人が並んだ。

そして、タクヤから始まった言葉。

これまで自分が出来ることを全力でやり続けてきた彼は、自分の役目を全うした。

ブレることなく。


そして4人のメンバーが口を開き、決まった言葉を伝えていく。

ゴロウチャンは、空気を少しでも和《なご》やかにしようと思ってくれたのかもしれない。でも、全てをその場の空気が飲み込んでいく。

決まった言葉とはいえ、その先の言葉が言えない人もいた。シンゴは「今日からいっぱい笑顔を作っていきたいと思っています」という言葉を言うまでに間が出来た。グループの一番年下で、やんちゃなフリして、実は、チームを動かすことも多かった彼は、笑顔を一番テレビで見せてきた人だろう。だからこそ彼は言えなかった。


そしてツヨシはあの言葉を言った。

僕らがお願いして彼に言うことを頼んだ言葉を。

彼の口を通して伝えられたあの言葉を、あの人はどう感じたのだろうか？


そしてリーダーは。顔を上げられなかった。

どうあがいても、どうすることも出来なかった。

メンバー１人ずつの言葉が彼の心臓を突き刺していくのが分かった。

なかなか開くことのなかった重い扉をリーダーとして、必死に開けてきた。そのずっとずっと先にあったのが、カメラの前で頭を下げる５人。

グループを心から愛していたリーダーのその顔を、僕は見ることが出来なかった。

リーダーは「５人旅」の時に、カラオケで最高の友達に贈る歌をみんなで歌い、涙したあとに言った。

「俺、10人が襲ってきても1人でみんなを守る」

酔って言った言葉だったけど、それは本気だった。

ずっと守ってきた。だけど守れなかった。

リーダーの顔を見て、息が止まりそうだった。

たった数分の放送だった。

スタジオのサブはいつもなら生放送が終わった瞬間「お疲れさまでした」という言葉が響くのだが、それはなかった。静寂。


ただ分かったのは。テレビを通して。人を今まで沢山笑顔にしてきたこの番組を通して。とんでもないものを放送してしまったことだった。

様々な人の正義がぶつかり、正義が別の正義で曲げられて。結果、誰も望んでいなかったものが放送されてしまった。


僕も黒林さんも春田も野口も、スタッフ全員。

言葉が出なかった。

生放送が終わり、一人ずつ帰っていくメンバーに「お疲れさまでした」と言うのが限界だった。

いつもは笑顔で挨拶するのに、みんな笑顔なんかない。メンバーも足早に帰っていく。

その姿を見て、申し訳ない気持ちでいっぱいだった。

そんな僕らの気持ちを察したのかもしれない。リーダーは、エレベーターに乗る前に、

「お疲れさま。色々ありがとうな」と手を握り、帰っていった。

彼が僕に対してそんなことをしたのはあの時が初めてだった。

一番辛かったのは彼だったはずだ。

なのに、「ありがとう」と言って帰った。

その場で床にひざまずいて泣き叫びたかった。

許せなかった。自分が。全てが。


放送は終わった。

時間が経つごとに、人々がその日の放送を見てどんな思いをしたのか？　が伝わってきた。

黒いカーテンだったことから「葬式」と呼ぶ者もいた。

翌日からワイドショーでその「映像」が使われた。

日本のテレビ史上で唯一無二。史上初の放送となった。

視聴者の誰にも望まれていない放送に。

その放送にスタッフとして、放送作家として参加した僕も戦犯である。
だから。
僕はテレビ番組を作る人間として。あの時。終わったのだと思う。死んだのだ。

みんなが20年間作り続けてきたものが。
たった一夜の放送で。
破壊された。
奪われた。
地震や津波は一瞬にして沢山の人の命と希望と未来を奪う。
そのたった一夜の放送は。
一人の「カミ」がもたらした、エンターテインメントに起きた震災。
僕の目にはそう見えた。

そして……。
彼らの解散が発表になった。

第9章

もう明日が待っている

あの放送から7カ月ほど経って、彼らは解散を発表した。

それでも、年内いっぱい番組は続く。


番組に来るゲストも、当然気を遣う。

緊張感が走る場面も少なくなく、そんな中、ゴロウチャンがメンバー内の架け橋になり、空気を作ってくれることが多かった。

ゴロウチャンはこれまでもいつもそうだった。何か問題が起きた時も、普通を演じてくれる。普通じゃない状況なのに、率先して普通を作ってくれる。

スタッフは、みんな彼に大きな感謝を感じていた。最後まで番組が走り切れたのは間違いなくゴロウチャンのおかげだった。


でも、解散が発表になり、20年やってきた番組が終わることを告げられた中で。

みんなずっと未来のために番組を作り続けてきたが。

黒林さんは、マイケル・ジャクソンをスタジオに連れてきて奇跡を起こした時のような笑顔を見せることも出来ず。

野口は、5人旅を作った時のような強い信念を抱きながら番組を作ることも出来ず。

春田は、一緒に福島に行き、ガイガーカウンターが鳴る中でも、エンターテインメントの可能性を信じていた時のように、前に進むことも出来ず。


20年、笑いが溢れてばかりのスタジオだったはずなのに。

みんな、気を遣って笑っていたのかもしれない。

もう無理だった。

限界を超えていた。


【2016年　12月26日】

20年続いた番組は最終回を迎えた。

5時間の最終回。

ほとんどが今までの名シーン。

新しく収録されたのは、最後の1曲だけだった。

1月18日の放送のあと、彼らがこの番組で自分たちの曲を歌うことはなかった。

最終回となるこの放送がグループとしての最後の出演になる。


彼らが歌ったのは1曲だけ。グループ最大のヒットとなった曲を1曲だけ。

5人で揃い、マイクを持ち、歌う姿。

彼らがデビューしてから、その姿は「当たり前」だと思っていたが、当たり前じゃなくなっていた。


こんな終わりを誰も想像していなかった。

誰も望んでいなかった。

5人が一番それを分かっていた。


華々しくファンに囲まれているわけでもない。

スタジオに作られたステージで、たった1曲を歌う。

ナンバーワンにならなくてもいいからオンリーワンになろうと伝えるその1曲だけ。

その1曲だけを5人で歌うことが、彼ら5人が出した結論。


その中で出来ることなんてない。

伝えられることなんてない。


でも、リーダーはその中で、出来ることをやった。

ずっとグループを守ってきたリーダーが。

歌の途中、リーダーが右手を上げて、カメラに向かって、親指を曲げ、人差し指、中指、薬指、小指。5本の指を曲げてグーを作り、そして握った拳を開き、手を振った。

5人からのありがとう。

5人からのさよなら。


国民的グループとして、沢山の人に幸せを与えてきた5人のリーダーとして、その場で出来ることがそれだった。

右手だけで伝えた。


歌い終わりカーテンが閉じて。

終わった。

あまりにもあっけない終わりだった。

リーダーは涙をこらえきれず後ろを向いた。

みな、こらえていた。

泣くべきじゃないと思って我慢していたのだろう。だけど。

リーダーはこらえられない涙を流した。

こんな涙は流したくない。

モリクンが卒業した時の涙とも、5人旅で流した涙とも違う。

だけど、これが彼の精一杯だったのだ。


すると、誰が言い出したのかは分からないが、番組に関わってきたスタッフと写真撮影をすることになった。

通常、こういう時は、出演者とスタッフが全員集まって集合写真を撮影するのだが、そうではなく、5人と、1人ずつ撮影することになったのだ。

全員と。1枚ずつ。

100人以上のスタッフと丁寧に写真を撮影して感謝の言葉を伝えていく。

その写真を撮影していく時に、彼ら5人の顔が。
昔の顔に戻った。
5人の顔から緊張感は消えて、笑顔が浮かんでいった。
スタッフを入れながら、5人の空間が戻っていった。
あの場にいた誰もが思っただろう。
これがずっと続けばいいと。
だけど、終わりは来た。
黒林さん、春田、野口……5人と撮影していく。
最後に笑顔が咲いた。

最後の1人が撮影を終えると、スタジオから大きな拍手が鳴りだし彼らを包む。
リーダーからスタジオを去っていく。
最後に残ったのはタクヤだった。
決して今までブレることのなかった彼が、全力で前に突き進んできた彼が、足を止め。
そして去っていった4人を見て……。
自分に言い聞かせるようにして、一歩踏み出した。

どんな声が届いても言い訳はせずに、自分の生き方で見せていく。そんな覚悟をもって踏み出した力強い一歩に見えた。

20年続いた番組は終わった。

そして国民的グループも解散した。

撮影が終わり、メンバーは帰っていった。

黒林さんも春田も野口も、みんな抜け殻のようになりながらスタジオの近くで何も喋らずに座っていた。

もう、涙が出ることもなかった。

2016年1月18日から、日々、信じられないことが起きていった。怒濤の日々が過ぎていき、本当に終わったのだという現実感がなかったからかもしれない。というか、そこから気持ちを逃がしていたからかもしれない。

すると、帰ったはずのシンゴが1人戻ってきた。

誰に声をかけるでもなく、さっとスタジオに入っていくと、美術さんがセットをバラしている中で、自分たちが歌った最後のステージに近づき、そっとキスをして、帰っていった。

彼なりの「さよなら」と「ありがとう」だったのかもしれない。

その姿を見て、やっと涙が出た。

12月26日の夜に放送された番組の最終回。
その放送の最後にも。
募金の告知は流れた。ずっとずっと続けてきた。
そして、終わった。。。。。

【2024年　1月】
彼らは解散し、番組が終わってから7年が経つ。
彼ら5人はそれぞれの道を歩んでいる。

ゴロウチャンとツヨシとシンゴは3人で、イイジマサンと共に新たな地図を開いて進んでいった。
シンゴは特に歌い踊る新たなエンターテインメントの形を探しながら、その才能を更に大きく膨らませている。そして自分のことだけではなく、2人より年下だが、時にはお兄ちゃんのように2人をこっそり見ながら、誘導している。新しい地図のその先へ。もっと強くなった。

　ゴロウチャンは年を重ねるとともに、舞台を軸に自分を育て、役者としても色気と怪しさを兼ね備えて、今、また熱い注目を集めている。そしてラジオパーソナリティーとして、日々の出会いの中から吸収し、その日々の積み重ねが、彼の人としての魅力を磨いていっている。もっとあったかくなった。

　ツヨシは、5人の頃からずっと評価されてきた芝居力を、更に爆発させた。その状況で絶対無理だと言われていた日本アカデミー賞を獲得。地上波ドラマに戻るのは難しいと言われていたが、見て見ぬフリが出来ない結果を残し、月曜22時のあの時間、あの局で、ドラマの主役を演じた。そして、もっと優しくなった。

　イイジマサンと共に進む3人は、茨の道を選んだ。

　5人でやっていた時とは違い、彼らを邪魔する人や妨害する人もいた。だけど、自分たちを信じ、小さなチャンスを摑んで奇跡を起こし進んでいった結果、時代が変わった。変えた。

　タクヤは、どんな声が聞こえても振り返ることなく、自分の船を力強く全力で漕いで進んでいる。手を抜くことなくいつも本気で。メンバーの中でも唯一人、事務所に残り続けている。その事務所にも大きな変化が訪れた。去って行く者も増えたが、彼は自分を信じて、戦い続けている。タクヤはずっとタクヤだ。

リーダーは、のんびりとゆっくりと一歩ずつ進むフリをしている。でも、それは敢えてのゆっくりだ。ずっとメンバーのことを思い、自分がゆっくり進むことで、自分以外のメンバーが自分よりも前を力強く進むことを信じているに違いない。病にかかったが、そこから復活し、いよいよ自らも歩くスピードを速めた。そして自らもまた光り始めた。

やっぱり。

ずっと。

リーダーだ。


黒林さん、春田、野口や一緒に番組を作ってきた仲間たちも、あの番組を作ってきたことを誇りに、みんなそれぞれの場所でテレビと向き合っている。

中には、天国に旅立った人もいる。


２０１６年１月18日。

あの放送で押されたスイッチにより。

何かに気づいた人たちは沢山いて。

隠されていたことに気づいた人も沢山いた。

おかしいのだと気づけた。
おかしいと気づけた人が声を上げられるようになった。
昔だったら届くことのなかった声が、届くようになった。
変わらなきゃいけない。
変えなきゃいけないと、勇気を持って戦う人が沢山現れた。

たった7年で、時代も変わった。
テレビもメディアも大きく変わった。

僕はあの時からだと思っている。
彼らのおかげで、彼らがあの時から変えたことにより、今まで手に入れることの出来なかった自由を手に入れられた人も沢山いるはずだ。

過去は消せない。変わらない。
決して繰り返されてはならない。

だから、みんな前に進む。

昨年、ふと、あの日の最終回。録画してあった放送を久々に見ようと思い、見た。

彼ら５人がテレビ界で大きな革命を起こし、アイドルという存在と立ち位置を強烈に変えてきた。その歴史が映し出される。最後の歌まで見終わったあとに、もう一度、歌のシーンを見ようと思い、巻き戻した。その時、あることに気づいた。巻き戻しながらあのシーンを見ると。

リーダーが右手を上げて親指を曲げ、人差し指、中指、薬指、小指。５本の指を曲げてグーを作り、そして握った手を開く。そこには花が咲いていた。

リーダーは、最後の最後に胸を張り右手を挙げて、一生懸命咲かせた。

世界に一つだけの花を。

いつか、もしかしたら、こうやってやるつもりなのかもと勝手に想像してみたりした。

もしかしたら、リーダーはそのことまで考えてやっていたのかもしれない……。

そしてリーダーの、５人にとっての最高の友達は。

１９９６年、５月いっぱいでグループを抜けたモリクンは、オートレーサーとして夢を叶えていた。５人と約束した日本一をこの世界で獲った。

だが、２０２１年１月、レース中に前を走る選手と接触し、コースの外側のフェンスまで吹き飛ばされ激突し転倒した。

事故。

死んでもおかしくなかった大事故で大けがを負った。体の中に沢山のボルトを埋めた。事故の衝撃で臓器も損傷し、胆のうを全摘出した。

事故と手術の影響で両足に麻痺が残り、絶対に復帰は無理だと言われたが、彼は不屈の精神でリハビリを行った。

きっと自分のためだけではない。

彼のヘルメットには星のマークが入っている。６色。白、赤、青、黄色、緑、ピンク。

彼ら６人がバラエティー番組でレギュラー出演していた時に着ていた服の色。その色をどうしても入れたくてヘルメットに６色の入った星を入れた。

２０２３年４月、絶対無理だと言われた中、彼は過酷なリハビリを経て、復活し、バイクに乗りレースに出た。

そして勝利した。奇跡を起こした彼のヘルメットには、６色の星が輝いていた。

今、皆さんが読んでいるこの物語は「小説」である。

僕は、ずっとやってきたこの仕事を、辞めることにした。

彼らと番組をずっと作ってきた時には「奇跡」の隙間を空けてきた。

時折奇跡を起こす。その奇跡は日本を沸かした。

だが5人としての彼らがいなくなった今、奇跡を信じて作ることもほとんどなくなった。

だからいい時なのかもしれない。

時代が大きく変わっていく中、彼らが残したものはとてつもなく大きい。

彼らのグループがなくなった代わりに、流した涙がその先の未来を作った。


この小説を書いている時に、僕は南房総の実家に帰った。

夜は星が良く見える。

ほぼ書き終えて、部屋の窓を開けて空を見上げると。

あの星がうっすらと光を放っている気がした。彼ららしく。


夜空ノムコウに。

だからきっと。

もう明日が待っている。


（了）

この物語を、共に最高のテレビ番組を作ってきた黒木彰一と仲間たちに捧ぐ

初出　第1章　「文藝春秋」２０２３年8月号
第7章　「文藝春秋」２０２４年4月号
第8章、第9章　「文藝春秋」２０２３年1月号
掲載された記事に大幅に加筆・修正しています。
他の章は書き下ろしです。

装丁・装画　城井文平

ＪＡＳＲＡＣ　出　２４０１１９６-４０１

鈴木おさむ（すずき・おさむ）

1972年4月25日、千葉県生まれ。19歳で放送作家デビュー。バラエティーを中心に数多くのヒット番組の企画・構成・演出を手がける。映画・ドラマの脚本や舞台の作・演出、映画監督、エッセイ・小説の執筆等、様々なジャンルで活躍。2024年3月31日に放送作家を引退。著書に『仕事の辞め方』（幻冬舎）、『最後のテレビ論』（文藝春秋）など。

もう明日《あす》が待《ま》っている

2024年3月31日　第1刷発行
2024年4月15日　第2刷発行

著　者　鈴《すず》木《き》おさむ
発行者　大松芳男
発行所　株式会社　文藝春秋
〒102-8008
東京都千代田区紀尾井町3-23
☎03-3265-1211
印刷所　大日本印刷
製本所　大口製本
組　版　明昌堂

　ISBN978-4-16-391821-1　Printed in Japan